Bona nit, Júlia

CARLES SALA I VILA

Il·lustracions:
ROGER SIMÓ

XXVII PREMI DE NARRATIVA INFANTIL
I JUVENIL GUILLEM CIFRE DE COLONYA

Primera edició:
octubre del 2008

Un jurat format per Anna Canals, David Monserrat, Miquel Rayó i Pere Rosselló
va atorgar a aquesta obra el XXVII premi Guillem Cifre de Colonya

Disseny gràfic de la coberta: Cass
Il·lustració de la coberta: Roger Simó
Maquetació: Montserrat Estévez

Direcció editorial: Lara Toro

La Galera, SAU Editorial
Josep Pla, 95 – 08019 Barcelona
www.lagalera.cat
lagalera@grec.cat

Imprès a Limpergraf
Mogoda 29-31
08210 Barberà del Vallès

Dipòsit legal: B-43.021-2008
Imprès a la UE
ISBN 978-84-246-3049-2

A l'àvia Teresa.
I a tots els nens i nenes que somien per a ser més feliços.

Vivim per a somiar i somiem per a viure.

Ei, Júlia...

Enmig de la fosca, la Júlia ha sentit una veu, molt a prop seu.

No sap ben bé quants dies fa que és tancada en aquesta habitació. Els metges de l'hospital no la deixen sortir per res del món. Es veu que, si ho fes, abans d'arribar al passadís ja hauria arreplegat tots els virus que es poden arreplegar, i després tothom hauria de córrer. Vaja, tothom... Si més no correrien l'avi, la mare, la Teresa... I els metges, és clar. El pare segur que també correria, però com que sempre ho fa, això de córrer, no seria res extraordinari.

Ara mateix, però, la Júlia no pensa en res d'això. Fa un moment s'ha despertat convençuda d'haver sentit una veu que la cridava, i està ben intrigada per saber de què es tracta. Abans de tenir temps d'encendre el llum, la Teresa obre la porta. La Teresa és la seva infermera preferida, i quan la veu entrar a l'habitació ja li sembla que es troba més bé. Potser és perquè, fins i tot a aquestes hores de la matinada, al seu rostre sempre s'hi dibuixa un somriure d'orella a orella, que segur que deu curar tant com moltes d'aquelles medicines de noms estranys que ella mateixa li porta. Justament, ara afegeix una bossa a la mena de penjador que la Júlia té al costat del llit, on ja n'hi ha una altra de més grossa connectada directament al seu braç amb un tub transparent. Ho té ben après: les bosses petites són medicines, i les grosses, menjar. La Teresa li ho ha explicat així.

La Júlia no diu res. Li agrada fer veure que dorm i sentir com la infermera feineja vigilant de no fer gaire fressa. I avui, mentre s'està en silenci, rumia en la veu que ha sentit fa un moment i encreua els dits perquè faci com ella i tampoc no digui res. Pensa que si la Teresa la sentís, s'espantaria d'allò més, i potser es posaria a xisclar i tot. Els grans no estan gens acostumats a sentir veus.

De sobte, una claror blanquíssima li travessa les parpelles. La Júlia s'afanya a amorrar-se al coixí per intentar recuperar la foscor, però finalment desisteix i obre lentament els ulls.

—Com està la senyora?

L'avi ha apujat la persiana opaca de la finestra i ha corregut les cortines. Quan la Júlia, encara enlluernada, aconsegueix veure'l, ja ha deixat el jersei al penjador i s'ha assegut a la butaca del costat del llit.

—Hola, avi.

Encara que a primera hora del matí no ho sembli gaire, a la Júlia res no la fa més contenta que tenir la companyia de l'avi. I més aquí, a l'hospital, on tot és més trist que a casa i les hores sembla que mai no s'acabin.

—Senyora Júlia, s'hauria d'arreglar una mica, que em sembla que aviat li pujaran l'esmorzar.

Des que és a l'habitació d'aïllament, l'avi mai no li parla de l'hospital, sinó d'un hotel imaginari, d'un hotel de cinc estrelles. I diu que troba que està tan ben servida, i tan còmoda, i que té la millor habitació, les millors vistes, el millor servei... La Júlia sap perfectament que està malalta, com els altres nens de l'hospital, i que només és allà per poder-se curar. Però li agraden les bromes de l'avi. I hi ha moments que la fan sentir molt més bé que si fos realment en un hotel de cinc estrelles.

L'avi no s'ha mogut de l'habitació en tot el dia. Igual que quan la Júlia era a casa, és qui més estona passa al seu costat. Bé, de fet, a casa, la mare també estava molt per ella, fins que van néixer la Joana i la Cèlia.

La veritat és que tenir dues germanes bessones, precioses, d'allò més petitones, així, d'un dia per l'altre, és més que fantàstic. Sobretot si ho has desitjat durant anys. Però no és menys cert que amb la mateixa velocitat amb què apareixen les dues noves personetes, s'esfuma la mare. Així ho pensa la Júlia, que ha vist com els darrers mesos a la seva mare se li girava una feinada que no la deixava ni respirar. Ella ja és gran i pot entendre-ho, i de fet abans d'ingressar a l'hospital ja intentava ajudar-la o si més no donar el mínim de feina, però així i tot no es pot imaginar com hauria anat tot plegat si no hi hagués hagut l'avi. Només els faltava que ella es posés tan malalta.

La Júlia sempre havia pensat que per poder sopar havia de ser fosc, com si calgués el vist-i-plau de la lluna per poder-se entaular. A casa sempre ho han fet així. Però l'hospital no és com a casa. Tot i que la manduca és prou bona —tot s'ha de dir—, avui quan li han portat el sopar ni tan sols fosquejava, i ha estat totalment incapaç d'acabar-se'l. Fins i tot s'ha guardat les cireres que hi havia per postres al calaix de la tauleta de nit. Si se les menja quan tingui gana, segur que les trobarà més bones.

Ja deu fer molta estona que a fora és fosc. La Roser,

una altra infermera molt menys simpàtica que la Teresa, ha abaixat la persiana quan ha vingut a recollir la safata del sopar. A la Júlia li agrada poder veure el cel fins ben tard, però estava tan pendent que la Roser no s'adonés que havia amagat les cireres que ni ha vist que per avui la deixava sense cel. Ara ja li ha tornat a venir la gana, i tot i que només té encès el llum petit del capçal del llit, en té prou per trobar entre les altres coses del calaix el grapat de cireres, brillants i quasi negres. Les treu de l'amagatall i les escampa sobre el coixí, a la seva falda, com si fos una safata. N'agafa un parell i se les posa goludament a la boca. Tot seguit n'agafa un altre parell.

—Mmm... Tenen molt bon aspecte. Són dolces, Júlia?

La Júlia es queda petrificada, amb la boca oberta i el segon parell de cireres a punt d'entrar-hi. Quan s'ha despertat aquest matí, ha recordat la veu de la nit passada, però molt vagament, com un de tants somnis que oblida just després de llevar-se. I ara l'acaba de tornar a sentir, molt a prop seu.

—Sí... Són dolces, molt dolces —respon la Júlia sense saber cap a on mirar.

—Ja m'ho semblava. Una fruita tan bonica ha de ser bona per força. I això que jo no n'he pogut tastar mai...

La Júlia recorre la cambra amb la mirada i no hi veu res d'estrany. Ara ja no en té cap dubte, algú li està parlant; algú que no ha tastat mai una cirera.

—I això que m'agradaria, no et pensis —continua la veu—. Però cadascú és com és, i els coixins podem fer unes quantes coses, però menjar, no.

—Els coixins? —pregunta la Júlia mirant la seva safata improvisada.

—Sí, sí, tal com ho sents; costa de creure, eh? Però els coixins mai no hem pogut menjar.

—I enraonar, sí? Ets un coixí que enraona?

—Bé, sí, perdona que no m'hagi presentat. Sóc en Tou, el teu coixí.

—Ah... en Tou... —fa poc convençuda.

—Sí, sí, en Tou —insisteix la veu—. És el nom que em va posar el darrer hoste que vaig tenir. Amb tants anys com fa que sóc a l'hospital i mai abans no m'havien posat cap nom. M'han dit coixí, coixinet, coixinot... El més semblant a un nom que m'he sentit dir és *Xixí*. M'ho deia la Neus, una nena que encara no havia fet els dos anys, de les primeres que vaig tenir. Però la veritat és que m'anomenava així perquè no em sabia dir de cap altra manera...

—Jo em dic Júlia. I no sabia que els coixins parlàveu.

—Doncs ara ja ho saps. Però no et pensis que tots els coixins tenim aquest do; només som uns quants els que... Bé, ja t'ho explicaré una altra estona. Ara val més que t'acabis les cireres, que si no encara em tacaràs la coixinera.

—M'ha passat la gana —fa la Júlia recollint les cireres.

—Però si has estat dos dies sense mastegar res! Encara sort de les bossotes que et canvien la Teresa i la Roser...

—I tu com ho saps, això?

—Dona, jo tampoc no surto mai de l'habitació! —respon el coixí com si fos la cosa més òbvia del món.

—Així també coneixes l'avi? —s'afanya a preguntar la Júlia.

—L'avi... De vista.

—De vista?

—Bé... És que, encara que sigui una mica, també necessito descansar. I la veritat és que se m'escapen algunes coses, sobretot de dia, que és quan acostumo a fer una becaina; però la resta del temps sóc tot ulls i tot orelles!

—Saps? Tinc ganes de ser demà per explicar tot això a l'avi.

—Ui... Per mi pots fer el que vulguis, però hi ha hagut nens que quan han explicat que sentien veus a la gent gran s'han pensat que desvariejaven: «Ja se sap, això d'estar tan tancat, i aquestes febres tan altes...» —diu el coixí tot estrafent la veu.

—Però la mare diu que l'avi és tan gran que és com si s'hagués tornat un nen altre cop. I jo no sé si és perquè és gran o no, però també trobo que l'avi no és com els altres grans. Estic convençuda que si li dic que he estat xerrant amb tu, em creurà. A més, ell m'havia aconsellat més d'un cop que si tenia problemes, els consultés amb el coixí, tot i que mai no li havia fet cas...

—Mmm... Em comença a caure bé, el teu avi.

De sobte s'obre la porta. Abans de veure qui és, la Júlia tapa ràpidament les cireres amb el llençol. Per un moment, li sembla que també hauria d'amagar el seu nou amic, però de seguida recorda que als ulls dels altres es tracta d'un simple coixí.

—Hola, maca. Encara no dorms? —pregunta la Teresa amb el seu somriure permanent als llavis.

—Ara estava a punt d'estirar-me —menteix ella.

La Júlia prem un botó que té al costat i el llit es tomba a poc a poc fins a quedar completament pla. Un cop estirada, posa el cap al coixí, tan suaument que sembla que amb aquell gest tingui por de fer mal a algú.

La Teresa penja una bossa petita de les seves i tot seguit li posa el termòmetre. Encara que estigui desperta, ho fa tot amb molta cura, com si l'habitació fos plena de nadons mig endormiscats.

Quan la Teresa torna a l'habitació per mirar la temperatura, la Júlia ja fa estona que ha caigut en un son profund.

Quan aquest matí la Júlia ha vist entrar el pare, amb el cap engominat i la bossa d'esports penjada, no ha pogut dissimular una certa decepció. No és que no li agradi que hagi vingut, i ara!, què més voldria que veure el pare més sovint... Però tenia tantes ganes d'explicar a l'avi la conversa que ahir va tenir amb en Tou!

Al pare no li'n pot pas parlar, del que va passar; ell és una persona gran amb tots els ets i uts, i segur que es pensaria que s'ho inventa tot. Però a qui sí que confiaria un secret com aquell a ulls clucs, sense dubtar-ho gens ni mica, és a en Bru, el seu gran amic de l'hospital.

La Júlia té la sensació que coneix en Bru de tota la vida, com si fos el primer amic que va tenir. En realitat, però, només fa unes quantes setmanes que el va veure per primer cop.

Recorda que aquell dia tots els de casa la van acompanyar a l'hospital: les seves germanetes, la mare, i el pare i tot. Fins aleshores, a la Júlia l'havien visitat molts metges, però era el primer cop que entrava en aquell edifici. Quan van ser al vestíbul, els van fer passar a una sala amb tot de cadires i una gran vidriera que donava al jardí, i va ser allà on va veure en Bru per primera vegada. Anava amb una senyora que va suposar que era la seva mare, i duia un xandall blau i una bufanda del Barça penjada al coll. Li va estranyar que portés la bufanda; no perquè fos del Barça, sinó perquè feia setmanes que havia arribat el bon temps i segur que li devia fer més nosa que servei. Però el que més la va sobtar d'en Bru va ser el seu cap. Tot i que ara sap que en Bru és un nen de cabells negres i rebels, era el primer cop que veia algú de la seva edat amb el cap pelat. Si hagués gosat, li hauria demanat que l'hi deixés tocar per veure si era tan fi com la calba que amagava l'avi sota la gorra. Encara no sabia que amb la medicació que li donarien en aquell mateix hospital ella també perdria fins al darrer cabell.

Al cap d'una estona, però, la Júlia havia oblidat completament el cap d'en Bru, que de seguida s'havia acostat al cotxet de les bessones.

—Són les teves germanes?

—Sí —va respondre la Júlia tota cofoia—. Es diuen Joana i Cèlia.

—A mi m'agradaria tenir una germana.

—Jo l'any passat tampoc no en tenia cap, i ara en tinc dues.

—Me'n podries donar una! —va proposar rient en Bru.

A la Júlia aquella broma no li va fer gens de gràcia, i va notar que una esgarrifança li corria per tot el cos. En aquell moment no li recava gens que la mare passés tant temps amb les seves germanes.

—Quina animalada! Que et penses que són com un cromo repetit? —va exclamar la Júlia, ofesa.

—Només era una broma... —va dir en Bru mig avergonyit.

Més endavant a la Júlia li va saber greu haver-se enfadat amb en Bru just el dia que es van conèixer, i fins i tot va arribar a pensar que, amb el temps, potser ella havia esdevingut com la germana que en Bru no tenia.

Quan la Júlia obre la bossa d'esports, oblida per un moment que està ingressada a l'hospital: es veu que abans de sortir de casa el pare ha entrat a la seva habitació i ha arreplegat un munt de coses.

—Perquè estiguis com a casa —li ha dit.

La Júlia treu els objectes sense pressa, com quan desembolica els regals de Reis ben a poc a poc per allargar el moment.

El primer que troba és la fotografia de la tauleta de nit amb la Joana i la Cèlia acabades de néixer; després, l'mp3 que li va regalar la tieta pel seu aniversari; el pòster dels rèptils cargolat dins un tub de cartró; un parell de llibres amb molta lletra; el despertador de la bruixa; l'estoig d'anar a escola; la carpeta dels papers... I al fons de tot, el batí verd i el pijama dels camaleons, el seu preferit.

—Et falta mirar a la butxaca —diu el pare.

La Júlia mira de seguida quin és el contingut del departament. Hi troba un paquet no gaire gros molt ben embolicat. Quan n'ha tret el paper, descobreix un llibre de tapes negres i brillants amb unes lletres que diuen: *El món de les tortugues.*

—Un llibre sobre tortugues! —exclama.

—És de part de la mare i les nenes.

La Júlia obre la primera pàgina i veu que hi ha quelcom escrit:

Hola, Júlia!

Et regalem aquest llibre perquè quan tornis t'entenguis encara més bé amb la Closca. I per recordar-te que pensem molt en tu!

Tres petonassos!

Joana, Cèlia i mare

Quan acaba de llegir-ho, pensa que faria el que fos per poder ser a casa amb la mare i les seves germanes, i nota que els ulls se li humitegen. No és el primer cop que li vénen ganes de plorar des que és a l'hospital. El pare, però, ni tan sols se n'adona.

—Ens hauria agradat portar-te la Closca en el seu terrari amb palmeres, però em sembla que la Roser ens l'hauria llançat pel cap —bromeja.

—A casa estarà més tranquil·la; a la Closca no li agrada gens que la remenin. I segur que no li faltarà de res —diu la Júlia, que ja comença a conèixer la seva nova tortuga.

Després de buidar la bossa d'esports, el llit ha quedat cobert per una gran escampadissa. La Júlia s'ho queda mirant, contenta de tenir les seves coses a prop, i es pregunta si amb algun d'aquells objectes hi podria tenir una conversa.

Durant tot el dia la Júlia no ha parat de mirar-se el coixí: és blanc i tou com el de casa, però molt més llarg, tant, que pràcticament abasta tota l'amplada del llit. I pensa que, a part de la mida, entre aquest coixí i el seu hi ha encara dues diferències més: una, que a la banda esquerra d'en Tou, s'hi pot veure un dibuix de color blau d'un nen i una nena, molt senzill, com els nens i nenes que retalla a vegades amb un paper plegat perquè li'n surti una tirallonga ben llarga. L'altra és que, mentre que aquest és un coixí xerraire, el de casa mai no li ha dit ni una sola paraula.

Justament avui, quan hi havia el pare, la Júlia patia per si a en Tou li agafava per posar-se a enraonar. Però potser perquè dormia o perquè sabia que en aquella situació no era convenient dir res, el coixí s'ha estat en silenci fins ben entrada la nit.

—M'agrada el nom de la teva tortuga.

La Júlia de seguida reconeix la veu d'en Tou.

—Hola, Tou! Veig que estaves despert quan hi havia el pare —diu ella sense aixecar el cap del coixí.

—Prou per sentir alguna cosa... Se't va acudir a tu, el nom de Closca?

—Sí, què et sembla?

—Ja t'ho he dit: a mi m'agrada —insisteix el coixí.

—Doncs va anar de ben poc que no li poso Llosca —reconeix la Júlia.

—Llosca? A una tortuga?

—Sí. La gossa d'en Bru es diu Llesca, i em va semblar que seria bonic que tinguessin un nom semblant, com si fossin dos germans d'un còmic: la Llesca i la Llosca.

—Dona, germans, una tortuga i una gossa... Només perquè se'ls assembla el nom...

—Però quan vaig saber que *Llosca* volia dir que no s'hi veia —continua la Júlia—, em va deixar d'agradar. I se'm va acudir Closca.

—Realment fa més per a una tortuga. Encara que ara no et semblin germans —diu en Tou.

—Jo ara dic que són amics, com en Bru i jo.

La Júlia pensa que, també com ells, la Llesca i la Closca tampoc no es poden veure, tot i que dubta que la seva tortuga pugui enyorar tant la gossa com ella enyora en Bru. Potser justament per això —perquè fa dies que no pot jugar-hi, ni explicar-li coses ni tampoc escoltar les seves històries— parlar d'en Bru la reconforta. I en Tou sembla que se n'adoni:

—En Bru és molt amic teu, oi? —pregunta.

—I tant. Però fa molts dies que no el veig, i uns quants que no en sé res.

El coixí calla. Espera que la Júlia li expliqui més coses d'en Bru. Si vol ser el seu amic, ha de saber què és el que la preocupa.

—En Bru també està malalt, saps? I quan a mi em van posar en aquesta habitació, ell ja feia dies que era tancat en una altra...

En Tou continua escoltant en silenci.

—Al començament parlàvem tot el dia, pel seu vidre, és clar —diu la Júlia, assenyalant una espècie de finestra circular que comunica la seva habitació amb el passadís—. Però després es va començar a trobar malament i sempre tenia la cortina abaixada. Quan vaig ser en aquesta habitació, va semblar que en Bru es refeia una mica, i ens vam escriure unes quantes cartes en ben pocs dies.

—N'havia sentit alguna cosa entre dormida i dormida... —recorda en Tou—. Així us escrivíeu cartes d'una habitació a l'altra.

—Sí. La mare d'en Bru i l'avi eren els carters de dia —continua la Júlia—, i la Teresa, la cartera nocturna. Fa molta il·lusió rebre notícies d'un amic, i més si estàs malalta.

—M'ho imagino. I ara no us escriviu?

—Jo li he anat enviant cartes, però fa un parell de dies que no en rebo cap. L'avi m'ha explicat que en Bru torna a tenir sempre la cortina abaixada, i la Teresa m'ha dit que ara a la seva habitació hi va una altra infermera i que ella no en sap res. Estic preocupada...

—Ja t'entenc. Però tu ja saps què és això de trobar-se uns dies més bé que d'altres. A més, per curar-vos, els metges us han de donar medicines molt fortes que us deixen gairebé sense forces.

Ara és la Júlia qui no respon. Li agradaria parlar més d'en Bru, però se sent esgotada. Avui amb el pare han treballat molt distribuint tot el que li ha dut de la seva habitació.

—Em sembla que ara el que més necessites és dormir —diu finalment el coixí, que li ha llegit el cansament a la veu.

Es fa un llarg silenci. A la Júlia ja fa estona que se li han aclucat els ulls. Li ha vingut a la memòria la darrera carta d'en Bru, en què li parlava dels camps de fruiters que hi ha al voltant de casa seva. Li'n parla sovint. Quan surtin de l'hospital, si encara són vacances, tenen planejat anar a collir fruita i després dur-la a vendre al mercat del poble. Fins i tot tenen previst plantar altres fruiters per tenir més varietat d'aquí a uns quants estius.

—Júlia... —afegeix poc després en Tou.

—Mmm, què? —respon ella mig adormida.

—T'acompanyo?

—Que si m'acompanyes..., on?

—Sí, dona, si vols que passi la resta de la nit amb tu! —insisteix el coixí.

—És clar que sí... Igualment tu tampoc no pots sortir...

—Molt bé. Doncs fins ara!

—Fins ara... —acaba responent la Júlia—. Fins ara...

Finalment, la Júlia ha entès el que li ha proposat en Tou just abans d'adormir-se. Acompanyar-la la resta de la nit, és clar! Acompanyar-la mentre somia! Perquè la Júlia està quasi segura que ara mateix està somiant. Com s'explica, sinó, que el seu llit estigui envoltat de palmeres i heures i tota mena de plantes florides? I que se sentin ocells i gemecs de bèsties com si es trobés al bell mig de la selva amazònica! I que a la seva habitació no hi hagi finestres, ni parets... ni tan sols un sostre que li impedeixi veure el cel!

I, efectivament, davant seu hi ha en Tou. Però un Tou diferent, amb cames i braços, que es belluga amunt i avall ben bé com una persona i que, dret al seu costat, deu ser si fa no fa tan alt com ella.

—Estic somiant, oi, Tou? —pregunta la Júlia.

—Ja ho crec. Si en tens algun dubte, pessiga't ben fort i en quedaràs convençuda.

La Júlia es pessiga la cuixa i certament no nota res. Per força ha d'estar somiant!

—I què hi fas, en el meu somni? —pregunta al coixí.

—Tu m'has donat permís per acompanyar-te... Però si et molesto, me'n vaig a fer un vol i ja ens veurem demà —respon en Tou, somrient.

Però la Júlia està encantada de tenir el seu nou amic al costat, i de poder veure el cel, i de no haver-se de preocupar pels virus que corren per l'aire...

Quan encara no ha tingut temps de situar-se, s'adona que del pòster dels rèptils que al matí li ha dut el pare, en comencen a sortir tot de bestioles: iguanes, tortugues, salamandres... Tota mena d'animals es passegen per l'habitació! Si ho veiés la Roser, hi hauria un daltabaix! Però això no és tot, perquè, com el coixí, les seves bèsties preferides també enraonen com si fos la cosa més normal!, i li pregunten com es troba, i li diuen que fa bona cara, i que porta un pijama molt bonic... I un camaleó d'allò més divertit explica acudits mentre fa ganyotes amb els seus ulls enormes i la seva interminable llengua. I just quan el camaleó està demostrant l'habilitat que té per fer-se sortir ratlles blaves i vermelles, en Tou interromp l'exhibició:

—Júlia, hauries d'obrir el calaix de la tauleta de nit...

Emocionada per tantes sorpreses, la Júlia deixa de mirar el camaleó i fa cas al coixí, i així que obre el calaix en surt disparat *El món de les tortugues.* El llibre es plantifica sobre la tauleta tot passant les pàgines, i amb una veu molt dolça que li recorda la de la mare comença a recitar-les en veu alta. Li explica que hi ha moltes menes de tortugues; que poden viure un munt d'anys; que en llibertat és com estan més bé; que per viure en captivitat han de tenir aigua, terra, llum, menjar, tranquil·litat... La Júlia escolta atentament, fins que l'aparició d'un nou personatge la distreu de les explicacions.

—Closca! —exclama la noia.

La seva estimada tortuga acaba de sortir de sota unes mates i se la mira somrient, i, després d'un breu silenci, se li adreça tota calmosa:

—Hola Júlia. No esperaves trobar-me, oi? —li pregunta.

—Doncs, no... —reconeix la Júlia—. I encara menys sentir-te la veu!

—Com et trobes? —pregunta la Closca.

—Ara mateix, més bé que mai! Però tinc unes ganes boges de tornar a casa i poder estar per tu!

—Ui, per mi no pateixis. La teva mare em canvia l'aigua cada dia, em dóna la manduca, em fa companyia... El que sí que pots fer mentre siguis a l'hospital és llegir el llibre que t'han regalat, i així segur que quan tornis ens entendrem encara més bé.

La tortuga pronuncia cada mot amb tota la parsimònia del món, com si per ella el temps no comptés. Però a la Júlia això no la neguiteja gens ni mica; en aquella habitació tan selvàtica i plena de vida ningú no hi té cap mena de pressa...

Ara que està desperta, la Júlia contempla l'habitació com mai no ho havia fet abans; li sembla que a partir d'avui es mirarà els objectes amb uns altres ulls. El sostre i les parets han tornat al seu lloc, i els cocoters s'han esfumat com per art de màgia. En Tou roman en silenci, i tot està exactament com el pare i ella ho van deixar ahir a la tarda: l'estoig al damunt de la taula, la fotografia de les bessones al costat, el pòster dels rèptils preparat per penjar... Fins i tot la bufanda del Barça que li va donar en Bru continua intacta al capçal del llit.

La Júlia veu el plec de fulls que té sobre la tauleta,

entre els mocadors de paper i el despertador de la bruixa. Són els que fa servir per escriure les cartes a en Bru, per dibuixar, per fer els deures... N'agafa un i el retalla amb cura fins a tenir un paper quadrat. Tot seguit, en plega les quatre puntes cap al centre, fa uns quants plecs més i n'obté una capseta quasi perfecta. Després agafa un altre paper i hi pinta tot de triangles de colors, l'un al costat de l'altre: un cap per amunt, l'altre cap per avall, un cap per amunt, l'altre cap per avall... I també el retalla i el plega i replega fins que té una altra capseta —aquesta de coloraines— que encaixa exactament amb la que ha fet abans. Després treu dos pinyols de cirera de sota el coixí i els posa dins de la capsa. Els tenia guardats en aquell amagatall des que, abans-d'ahir, després de menjar-se un parell de cireres, va pensar que els donaria a en Bru perquè plantés dos cirerers a prop de casa seva; així, d'aquí a uns anys, podran collir-ne la fruita i dur-la a mercat. És per això que va netejar els pinyols una vegada i una altra fins que no hi va quedar gens de polpa i els va ben amagar. El dia que la Júlia pugui enraonar amb el seu amic, li explicarà tot el que li està passant darrerament i li donarà la capseta amb els pinyols a dins. Està convençuda que, a en Bru, un regal com aquell li agradarà. De totes maneres, fins aleshores ha de ser un secret: si la Roser sabés què conté la capsa de colors, el xàfec que li cauria a sobre seria monumental! Guardar pinyols de cirera, quins acudits! Per això decideix que amagarà el regal al fons del calaix. Quan l'obre, però, es queda fixada mirant la coberta del llibre de les tortugues; aquest matí, curiosament, veure'l tancat i sense dir res se li fa d'allò més estrany...

Realment l'avi no és com la resta de la gent gran. En cap moment no ha dubtat que el que li explicava la Júlia fos cert. Fins i tot, quan ha sabut que el coixí que hi havia sobre el llit era en Tou, ha abaixat el volum de la veu per por de despertar-lo. S'ha posat molt content de saber que la seva néta havia fet un nou amic que li donava conversa fins i tot en somnis; sap que ajuda molt tenir algú a qui poder explicar tot el que et passa, sobretot en una situació tan complicada com la seva.

L'avi també li ha confessat que li hauria agradat d'allò més haver-la acompanyada en el somni, per conèixer en Tou i, sobretot, per poder veure els cocoters, les flors, les lianes... Perquè a l'avi les plantes li agraden amb deliri, i la Júlia sap que mentre les rega, ell també hi té converses, com ella amb el seu coixí. Fins i tot li ha sentit dir que com més els parla i més coses boniques els explica, més florides i ufanoses es tornen.

Quan l'avi ha vist els dos retalls que han sobrat de les capsetes, de seguida els ha agafat. Sempre que té un tros de paper abandonat davant, fa el mateix, perquè, a part de les plantes, encara té una altra afició ben curiosa: fer objectes de paper. Sap fer de tot: elefants, dracs, capses, tartanes, ocellets... Granotes saltadores i tot! Quan té un full a les mans, els dits li deixen de tremolar de cop, i mai no saps què en pot sortir. A la Júlia, li n'està ensenyant, perquè diu que si s'hi fixa ara que encara és una nena, segur que ho recordarà tota la vida. Ell va aprendre a fer figures de paper fa molts anys, després d'una guerra que hi va haver, i, tot i que ja no era ben bé un nen, encara ara se'n recorda. De fet, sovint diu que d'aquells anys hi ha moltes coses que mai no oblidarà.

Només de veure la mare d'en Bru darrere el vidre, a la Júlia el cor li ha fet un bot. Fa tants dies que espera la carta... Però avui la mare del seu amic no ve a dur-li cap sobre ni a donar-li grans explicacions, i fins i tot sembla que s'aturi sense tenir-ne gaires ganes.

—Com és que en Bru no m'ha escrit? —pregunta la Júlia.

—És que fa uns dies que no es troba gaire bé...

—Vaja... L'avi ja m'ha dit que no vol veure ningú.

—Està molt cansat —respon la mare—, però així que millori una mica segur que t'escriurà. M'ha dit que et donés això.

Des de l'altra banda del vidre, la dona li ensenya un paper marronós tot cargolat. La Júlia de seguida reconeix el plànol de l'hospital que va dibuixar en Bru ja fa unes quantes setmanes. Sap que li agrada molt fer aquestes coses, potser perquè ho ha llegit als llibres d'aventures, en què els pirates segueixen les indicacions d'un papir antic i esgrogueït per orientar-se en la recerca de grans tresors. En aquest hospital no li sembla que hi hagi d'haver cap tresor, si més no d'or i diamants, però sí que és cert que en més d'una ocasió s'havia perdut pels seus passadissos laberíntics cercant l'habitació d'en Bru per fer-li una visita.

La mare d'en Bru dóna el plànol a un infermer que la Júlia no coneix; com tot el que li porten de fora, el plànol s'haurà de desinfectar abans d'entrar-lo a l'habitació. Després, la dona fa un somriure forçat i s'acomiada fent adéu amb la mà. La Júlia s'estira abatuda. Està amoïnada pel seu amic. L'explicació que li acaben de donar no l'ha convençuda gens ni mica: en un hospital no té sentit dir que algú «no es troba gaire bé»; ja se sap que en un lloc com aquest ningú no hi va a passar les vacances!

Des del llit, la Júlia veu els dos avionets de paper que l'avi ha deixat a sobre la taula. Són tan remenuts que sap de segur que si els llancés amb prou feines podrien volar. Recorda que, quan ella encara no era a l'habitació d'aïllament, jugava a tirar avions des del pis de dalt perquè en Bru els pogués veure des de la seva finestra. Li n'havia llançat tants! Ara pensa que donaria el que fos perquè avui en Bru li pogués fer el mateix.

La Júlia no ha parat de rumiar fins que ha arribat la nit.

—Hola senyora Júlia.

—Hola Tou —respon ella—. Tenia ganes de sentirte...

—Ai, que no et veig gaire fina... Tan bé que ens ho vam passar la darrera nit!

—Ja ho crec, va ser fantàstic. Però és que ara estic preocupada.

—I doncs?

Així que ha sabut el que passava, en Tou ha intentat convèncer la Júlia que no hi guanyava res donant-hi tantes voltes.

—He conegut molts nens i nenes que han passat dies d'allò més dolents i ara ja són a casa, i juguen amb els germans i les germanes, i van a escola, i agafen la bicicleta sempre que volen... I ni tan sols porten el cap pelat —explica el coixí.

—Segur que no m'enganyes? —pregunta la Júlia.

—A tu què et sembla! —protesta en Tou—. Que potser has conegut mai un coixí mentider?

—La veritat és que no... —reconeix ella.

—És clar que no! Els coixins som nobles de mena! —assegura.

—Però tampoc no havia conegut cap coixí que enraonés.

—Bé... Això és un altre tema.

—Quan ens vam conèixer, em vas dir que m'ho explicaries —recorda la Júlia.

—Què vols que t'expliqui?

—Doncs això, com és que parles. Em vas dir que només uns quants coixins ho podíeu fer.

—Sí, senyora. Ara no em voldria fer l'interessant —comença en Tou—, però la veritat és que els coixins d'hospital som els més xerraires de tots.

—Com el lloro gris —l'interromp la Júlia.

—Com què?

—Com el lloro gris; és el lloro més xerraire de tots.

—No la trobo una comparació gaire encertada —fa visiblement molest el coixí.

—Ui, perdona, no et volia ofendre...

—No passa res. Però, ja que ho dius, nosaltres justament fem el contrari que els lloros: en comptes de limitar-nos a repetir el que hem sentit, els coixins intentem buscar respostes noves per solucionar els problemes de la gent. O, si més no, per alleujar-los.

—I als hospitals...

—... als hospitals és on hi ha els problemes realment grossos —acaba la frase en Tou.

—Així en Bru també té converses amb el seu coixí?

—Segur que sí! Els nens sou sempre els més receptius amb nosaltres. Els grans, en canvi, sovint fan veure que no ens senten. Ells s'ho perden.

—Estic més tranquil·la, sabent que en Bru no està sol.

—Així m'agrada, que estiguis tranquil·la.

La Júlia deixa anar un llarg sospir i es queda pensativa, amb els ulls mig clucs.

—Ja tornes a rumiar! —la mig renya en Tou.

—Pensava que...

—Digues.

—Si en Bru i el seu coixí també somien plegats com nosaltres, et sembla que podem coincidir tots quatre en un somni?

—Bufa, quina pregunta! Doncs no et puc dir que no... Però ara no és moment de parlar-ne, Júlia; és molt tard i has de descansar.

Aquest cop a la Júlia no li cal pessigar-se per saber que està somiant.

Passeja calmosament per un carrer desert i assolellat, tot mirant les construccions que hi ha a banda i banda. S'adona que no es tracta de pisos com els de la seva ciutat, de parets rònegues i massa altes pel seu gust, sinó de cases petites, com de nines, blanques com la llet i pintades amb sanefes triangulars de colors. I això no és tot. S'hi acosta i comprova que aquestes parets no són fetes de rajoles, ni de pedra, ni arremolinades amb guix... Són parets de paper! Paper blanc pintat, com el de la capseta que aquest matí ha fet per a en Bru. I a la Júlia no li sembla que el fet de ser cases tan petites i de tenir les parets de paper hagi de preocupar gens els seus amos. Pensa en la gent que hi deu viure i se'ls imagina d'allò més feliços, obrint cada matí els porticons de les finestres perquè se'ls il·lumini l'estança, saludant la gent que passa, cofois de la seva caseta amb sanefes de colors.

Mentre passeja espera que en qualsevol moment aparegui en Tou; troba estrany que encara no hagi fet acte de presència en el seu nou somni. I, efectivament, ben aviat veu el seu coixí —altre cop amb braços i cames—, repenjat a la porta d'una de les casetes i mirant-la amb un somriure d'orella a orella.

—Com va la passejada? —pregunta en Tou.

—Molt bé, gràcies. Tot i que ja començava a dubtar de si et trobaria!

—Ja veus que no te'm trauràs de sobre tan fàcilment... —bromeja.

—Què hi fas aquí, palplantat? —pregunta la Júlia.

—T'esperava. Et vull presentar uns amics —diu convidant-la a passar cap a la casa amb una reverència teatral.

Així que en Tou obre la porta, se sent un brogit de veus i rialles que surten de dins. La Júlia entra encuriosida, ajupint-se per no topar de cap amb el marc de la porta. Però ben aviat es pot posar dreta: sorprenentment, a l'interior d'aquella diminuta construcció s'amaga una sala enorme, amb un sostre altíssim ple de lluernes per on s'escola la llum de l'exterior. I, igual que a la banda de fora, les parets continuen essent de paper, pintades amb sanefes triangulars de colors que van d'una banda a l'altra. Però el que més la sorprèn no és aquell canvi de proporcions ni la lluminositat de l'ambient, sinó l'origen d'aquell sarau que ja sentia des de fora. Asseguts al voltat d'una llarga taula, com si acabessin de fer un gran àpat, una munió de coixins mantenen una conversa d'allò més animada. Són coixins amb cames i braços, com en Tou, guarnits amb coixineres de totes menes: de colors llisos, estampades, de ratlles, brodades... I molt xerraires:

—...si a mi ja m'agrada, que m'expliquin coses, que per alguna cosa sóc coixí d'hospital —diu un adreçant-se a la resta—, però és que el meu pacient no parla de res més! Futbol, futbol, futbol i futbol! I un gol cap aquí i un gol cap allà... I que si era targeta groga, o era vermella, o era blava... I que per què no expulsen aquell àrbitre, que és dolent com ell sol; que si jo fos al camp faria això i allò... I, com que el seu equip no para de perdre, es posa d'una mala lluna! I jo li dic: «Si t'ho has d'agafar així, val més que canviïs d'equip! Et farà més mal el futbol que la malaltia!»

—Després diuen que els esports són tan sans... —afegeix un altre coixí amb cara de despistat.

—És clar que ho són, de sans! Però si els practiques tu, no si els mires per la tele! —replica un tercer.

—Ah, sí? Doncs explica-ho a la meva pacient, que anant amb bicicleta no va veure un revolt i ara té la cara com un mapa i dues costelles trencades! —li respon.

—Doncs potser el problema no és el ciclisme, sinó que la teva pacient té massa pressa, no et sembla?

—Jo he sentit a dir que el millor esport és la natació —intervé un altre.

—Això si a la piscina no hi ha revolts! —salta un coixí tot bromista.

—Ha! Ha! Ha! —riuen la resta.

Veient que ni s'han adonat de la seva presència, en Tou interromp la conversa:

—Ehem, ehem...

—Hola, Tou! —el saluden.

—Hola a tothom. Avui vinc acompanyat. Us presento la meva pacient, la Júlia.

De sobte es fa un silenci a la cambra. Ningú no diu res.

—Hola —fa la Júlia una mica enrojolada.

La pobra noia no entén què passa; després de repassar-la de dalt a baix, tots els companys d'en Tou han dirigit la mirada cap al coixí que, amb un posat que recorda un ancià, presideix la taula des d'una butaca.

—Estimat Tou —diu el distingit coixí molt calmós—, saps prou bé que els coixins d'hospital no ens podem endur els pacients als somnis, i encara menys a l'assemblea. Així està estipulat en les nostres lleis. Com justifiques, doncs, la presència d'aquesta noieta?

—Benvolgut Gran Coixí. És ben cert que la llei ens impedeix portar els pacients en els nostres somnis, però també és cert que la nostra principal missió és consolar els malalts i ajudar-los tant com puguem —explica en Tou.

—Mmm... Continua.

—Doncs, bé. La Júlia és una pacient especial. Des de fa un grapat de dies els metges no la deixen sortir de l'habitació, i segurament encara en passaran uns quants més abans no pugui anar enlloc.

—Els doctors t'han engabiat, nena? —pregunta el coixí despistat.

—No, i ara! —respon la Júlia—. Ho fan pel meu bé; el tractament que he de seguir m'obliga a estar totalment aïllada del món exterior. Estic molt feble, i si entrés en contacte amb algun virus, seria fatal...

—Els somnis són l'única opció que té la Júlia per poder sortir de la seva habitació —conclou en Tou.

Després d'aquestes explicacions, la sala emmudeix altre cop. Tothom està pendent de la decisió del Gran Coixí. La llei és ben clara, però també és cert que la situació de la Júlia és molt especial i que l'acció d'en Tou és justificada i carregada de bones intencions.

—Bé... En aquest cas, jo no hi tinc res a dir —sentencia finalment l'ancià—. No tindria sentit desatendre una pacient només per complir la llei.

Després d'aquestes paraules es respira un alleujament general entre els assistents. La Júlia s'asseu a l'esquerra d'en Tou i la tertúlia es reprèn amb més força que abans, i fins i tot hi ha algú que proposa un brindis a la salut de la convidada.

—Estimada Júlia —comença el coixí bromista posant-se dret—, abans de brindar m'agradaria donar-te la benvinguda amb el meu últim acudit.

—Gràcies... —respon ella educadament.

—Diu així: «Un coixí gruixut que va pel carrer es troba un coixí prim i li pregunta: "I doncs? Què ho fa que cada dia estiguis més prim?" I l'altre que li diu: "És que he deixat de ser coixí d'hospital per poder anar a les festes majors..." "A les festes majors?", torna a preguntar el gruixut. "Sí, noi, i ara el meu amo és un capgròs!!!"»

—Ha, ha, ha! Ha, ha, ha! —riuen tots—. Salut! Salut!

Mentre aixeca la copa, la Júlia riu, més aviat per compromís. La veritat és que no s'havia plantejat mai com devien ser els acudits de coixins, però a aquest que li han explicat, no li ha acabat de trobar la gràcia. Mentrestant, la conversa continua.

—Doncs, sí, nois. Avui quan m'he despertat, tenia un pacient nou; un busca-raons que ahir va voler estomacar el seu veí, el molt animal...

—No malparleu dels pacients... —adverteix el Gran Coixí.

—És que a més n'està ben orgullós, el barrut! I això que el veí, que en feia dos com ell, s'hi va tornar i d'un cop de puny li va trencar el nas!

—Bufa, quin mal! —va dir la Júlia, que era l'única de la taula que tenia nas.

—Ja ho crec! I prou que es queixa. Però resulta que jo també en rebo les conseqüències, perquè el nas no para de sagnar-li i em taca la coixinera! La infermera ja me l'ha hagut de canviar tres cops.

—I el darrer es deu haver equivocat de talla! —riu el bromista—. Amb aquesta que portes sembles un botifarró! Ha, ha, ha!

—Tu riu, que si veiessis com li raja la nàpia...

—Ai, calla, calla! Quina angúnia! —exclama un coixí amb posat de finolis—. Només de pensar-hi ja em sembla que em marejo...

—Guaita'l ell, que fi! Sort que el teu pacient té la ferida al peu i et queda molt lluny!

—No et pensis, que l'altre dia em va posar sota la cama per tenir el peu enlairat i tenia el tall allà mateix! Quin tip de patir!

Quan ja fa estona que han reprès la conversa, la Júlia s'adona que el coixí que té assegut a la seva esquerra —que gairebé no ha badat boca en tota la nit— porta una coixinera idèntica que la d'en Tou, tota blanca i amb el dibuix del nen i la nena estampat. Això deu voler dir que prové del mateix hospital que ells dos! I probablement de la mateixa planta! I potser fins i tot de la mateixa secció!

—Hola —li diu la Júlia—, tu també véns del meu hospital?

—Eh? Bé... Sí... Em sembla que venim d'allà mateix —li respon tot abaixant la mirada.

—Quina casualitat! I no coneixes pas un noi que es diu Bru? És així, una mica més alt que jo, i també porta el cap pelat. Sovint va vestit amb un xandall blau...

—Mmm...

Encara amb el cap cot, el coixí sembla que dubta a l'hora de donar una resposta. La Júlia, pensant-se que li cal alguna pista més, afegeix:

—Des de fa molts dies s'està a l'habitació 127. És molt amic meu, saps? Tinc unes ganes de veure'l!

Després d'un breu silenci, el coixí aixeca el cap:

—En Bru també et troba molt a faltar —diu finalment.

En sentir aquestes paraules, a la Júlia li ve un calfred.

—Que en Bru em troba molt a faltar? Així... Així vols dir que el coneixes?

—Sóc el seu coixí.

La noia no es pot creure el que acaba de sentir.

—El seu coixí? Ets el coixí d'en Bru?!

—Jo mateix —respon ell apuntant per primer cop un mig somriure.

—I per què no m'ho havies dit! On és en Bru? On és? Que hi puc enraonar? Tinc un regal per a ell. Que l'hi puc donar?

—Em sap greu, però ara mateix el que necessita en Bru és tranquil·litat. De moment no hi podràs parlar; per això no t'he dit res abans.

—Però, no pot ser... Hi ha d'haver alguna manera!

—Ho sento, Júlia. Pensa que és pel seu bé, ja saps que està passant un mal moment...

—I no el podria veure només una estoneta? —insisteix ella.

—Ni una estoneta.

A la noia se li humitegen els ulls, impotent davant d'aquella situació. El coixí, veient-la tan desesperada, sembla que cedeix una mica:

—Vaja... Si no és que...

—Si no és que què? —pregunta ella esperançada.

—Si no és que estàs disposada a veure'l dormir sense despertar-lo —especifica el coixí.

—Entesos! Què he de fer? Digues!

—Em promets que no li diràs res? No li convenen gens els sobresalts... —insisteix.

—T'ho prometo!

—Bé... Si és així, t'explicaré què pots fer.

La Júlia para bé les orelles. Finalment sembla que podrà veure en Bru! S'estimaria més no haver de romandre en silenci quan el tingui davant i poder-li explicar un munt de coses, però si és pel seu bé, està disposada a fer el que calgui.

—Oi que tens el plànol de l'hospital que va fer en Bru? —li pregunta el coixí.

—I tant! Me'l va dur la seva mare!

—Doncs escolta'm bé: es tractaria d'estudiar-te bé el plànol i així que arribés la nit...

Just quan acaba d'iniciar l'explicació, la veu del coixí es comença a apagar ràpidament, i es va tornant més i més prima..., i a la Júlia cada cop li costa més i més sentir les instruccions que li dóna...

—Com? —pregunta esforçant-se per entendre alguna cosa.

—...doncs que en Tou t'hauria d'acompanyar fins a... —continua el coixí amb un fil de veu quasi imperceptible.

—No et sento! Què he de fer amb el plànol?!!

—...

—Si et plau, crida! No et sento!

—...

La Júlia veu com el coixí li continua fent l'explicació, però ja no sent absolutament res.

—No sento res! Si et plau, crida més! No sento res! —exclama desesperada.

—...

—No sento res! No sento res! NO SENTO RES!!!

La Júlia es desperta amb un nus a la gola, com si hi tingués un crit entravessat. El fil de llum que s'escola entre la persiana i la finestra il·lumina tènuement l'habitació. No hi veu res d'estrany, però pensa que, amb tot el que li està passant darrerament, si el despertador li desitgés un bon dia o el llum d'emergència li piqués l'ullet tampoc no li vindria gaire de nou.

Abans que li portin l'esmorzar, encén el llum del capçal del llit i desplega el plànol d'en Bru; entre una cosa i una altra, ahir amb prou feines hi va fer un cop d'ull, i ara, després del somni que acaba de tenir, frisa per mirar-lo amb més deteniment. És tal com el recordava: no hi ha cap passadís ni cap habitació que no hi surti, i tot és polidament dibuixat amb un retolador molt fi de color negre. Però, quan fa una estona que el té al davant, s'adona que en Bru encara hi va afegir algun detall més abans de donar-lo a la seva mare: a l'habitació 181 —la de la Júlia— hi ha un petit cofre dibuixat, com si es tractés d'un tresor dels que busquen els pirates. I això no és tot; una finíssima línia discontínua de color vermell uneix l'habitació 127 —la d'en Bru— amb la 181, com si marqués el recorregut que cal fer per arribar a la seva habitació i aconseguir el botí.

La Júlia està convençuda que en Bru li intenta dir alguna cosa, però no ho acaba d'entendre. Què representa un tresor a la seva habitació? Ella no té joies ni res de valor... I la línia vermella? Sí que podria ser útil per guiar-la d'una cambra a l'altra sense perill de perdre's, però precisament ells dos tenen totalment prohibit anar amunt i avall pels passadissos...

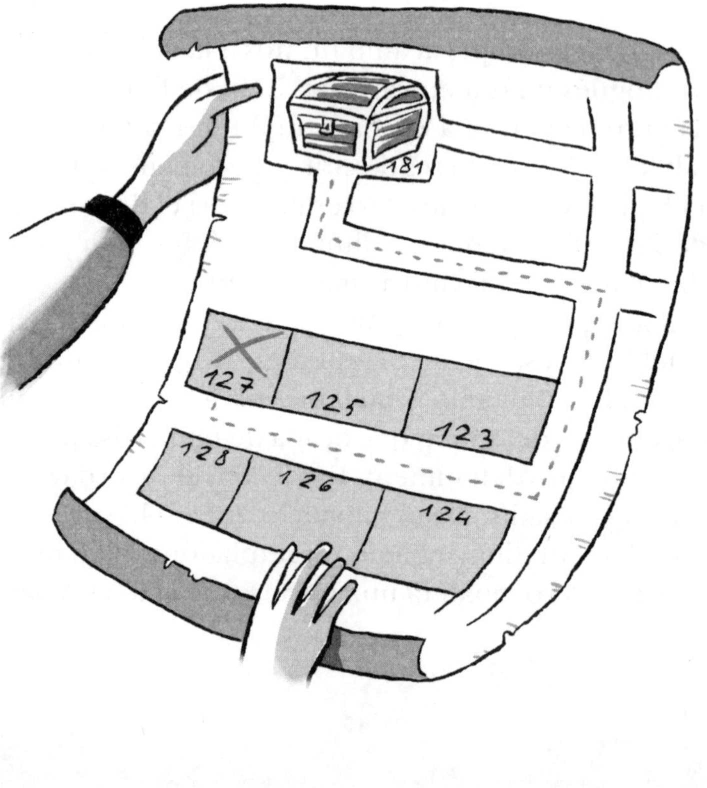

Per molt que hi rumia i que es mira el plànol del dret i del revés, la Júlia no comprèn el que li vol dir el seu amic, però veient els números de les habitacions li ve a la memòria la teoria que en Bru li va explicar en una de les cartes. Segons deia, els números de les seves dues cambres per força els havien de portar sort, perquè, tant en un cas com en l'altre, si se sumen les tres xifres que els formen surt exactament el nombre d'anys que ells tenen. I encara afegia una altra cosa: la 181, com que a més és capicua, converteix la Júlia en la noia més afortunada de l'hospital.

Malgrat que a ella la reconforta recordar aquella teoria, no s'acaba d'empassar que aquestes coincidències serveixin de gaire. O potser sí?

Avui la mare li fa la primera trucada més aviat del normal. Des que la Júlia és a l'hospital, li telefona un parell o tres de cops cada dia, i des que està aïllada a l'habitació, encara ho fa molt més sovint. Habitualment, s'espera a mig matí per assegurar-se que estigui ben desperta, però avui li truca abans d'hora per avisar-la que al pare li ha sortit un imprevist i que tornarà a ser l'avi qui li vindrà a fer companyia. Al pare sempre li surten imprevistos, i potser això és bo, perquè vol dir que té una vida ben emocionant; però a ella sovint la molesten, aquests canvis de plans d'última hora, sobretot quan li prenen el poc temps que tenen per estar plegats. De tota manera, si el pare té algun contratemps, tots saben que poden comptar amb l'avi; a ell no li acostumen a sortir entrebancs...

Sempre que té la mare al telèfon, la Júlia pregunta per les seves germanetes i els envia molts petons i abraçades. Normalment, la mare aprofita per trucar quan la Joana i la Cèlia dormen, i així i tot sovint el plor d'una o altra els interromp a mitja conversa. Quan això passa, li agrada demanar a la mare si quan ella era petita, també portava tanta feina com les bessones, i la mare sempre li respon el mateix: «I ara! En portaves just la meitat!»

La Júlia tampoc no s'oblida mai de preguntar què fa la Closca, que, al revés que el pare, té una vida d'allò més tranquil·la i previsible. Però la que fa més preguntes és sempre la mare. «Has dormit bé, bufona? Estàs gaire aixafada? Que et tracten bé? T'agrada el menjar que et donen? I què has fet aquest matí? No et calen pas més llibres?» Se li veu que pateix; pateix perquè la Júlia està malalta i perquè ella, que és la seva mare, no pot ser a l'hospital. La Júlia li diu que tenint l'habitació 181 ha d'estar ben tranquil·la, que els nombres juguen a favor seu i aviat es curarà. Però la mare li respon que no es cregui aquestes bajanades i que faci molt de cas de tot el que li diguin els metges.

Després de penjar el telèfon, la Júlia acluca els ulls i escolta com el jardiner talla la gespa del jardí. Li agrada aquella fressa. És el segon cop que la sent des que és a l'hospital. Recorda que la primera vegada va ser en Bru qui la'n va avisar; van sortir a una terrasseta que hi ha a prop de la seva habitació, on sovint hi ha gent prenent la fresca, i es van abocar a la barana. En Bru deia que l'olor d'herba tallada era la millor del món, i que sentir-la el transportava fins al pati de casa seva. Tancava els ulls i respirava profundament, com si hagués d'agafar aire per molt de temps.

Mentre l'avi li ensenya a fer un ocell de paper, un infermer entra a l'habitació. És el mateix que ahir al vespre li va portar el plànol d'en Bru. És un noi alt, amb els cabells llargs i recollits en una cua, i a la Júlia li recorda un indi dels que surten a les pel·lícules de l'oest. Sense dir gairebé res, l'infermer deixa el berenar sobre la taula i se'n va fent un tímid somriure.

De seguida que és fora, la Júlia confessa a l'avi que prefereix mil vegades un infermer discret com aquell —encara que no badi boca— que la rondinaire de la Roser.

—Ja se sap que els rosers sempre tenen alguna espina punxeguda —bromeja l'avi per justificar el mal humor de la infermera.

—Però jo em pensava que els rosers feien roses, i no només punxes! —li segueix la veta la Júlia.

—No siguis tan dura amb la Roser. Potser ella no té la culpa d'estar sempre de mala lluna. Qui sap si l'han regat poc i per això és tan espinosa... —afegeix l'avi més seriós.

La Júlia no està segura d'haver entès el que acaba de sentir, però ho troba molt bonic. Sempre ha pensat que l'avi és un poeta.

A mesura que s'acosta la nit, la Júlia es comença a posar nerviosa; encara té molt present el darrer somni, i frisa per poder-ne parlar amb en Tou. Després d'esperar una estona, decideix ser ella mateixa qui desperti el coixí del seu son diürn.

—Tou... Tou... Desperta't... —xiuxiueja la noia tot sacsejant-lo.

—Mmm...

—Va... Que ja és tard...

—Uuaaahh! —badalla el coixí—. Bona nit, Júlia.

—Bona nit. Em sap greu despertar-te, però tinc tantes ganes d'enraonar amb tu...

—No et preocupis, que per això sóc aquí —respon ell encara mig adormit.

—Volia parlar del somni d'ahir —aclareix.

—Ah, sí... Què et van semblar els meus col·legues?

—Els vaig trobar fantàstics! No em pensava que hi hagués tants coixins diferents.

—És clar —diu en Tou—, no n'hi ha dos d'idèntics. Amb això som iguals que les persones.

—Sí, és cert —reconeix la Júlia, pensant en els seus infermers i infermeres—. Tot i que em sembla que vosaltres us sabeu agafar més bé les coses...

—És molt possible. La veritat és que conèixer de prop els mals de tanta gent ens ensenya a valorar el que és realment important. Si no conservéssim el bon humor, ni toleraríem la nostra feina ni podríem ajudar els malalts.

—De tota manera, el coixí d'en Bru no semblava pas gaire content... —recorda la Júlia.

—Suposo que tens raó. Però és que quan veiem que un pacient pateix nosaltres també patim. I ja saps que en Bru no passa per un bon moment...

—El seu coixí em va assegurar que el podria veure.

—Ahà —fa en Tou, que ja sembla estar-ne al corrent.

—Però quan m'estava a punt d'explicar com ho havia de fer, vaig deixar de sentir-lo i em vaig despertar —continua la Júlia—. Va ser horrible.

—Els somnis ja ho tenen, això; quan arriba l'hora de despertar-se, no s'hi pot fer res.

—Doncs és una mala jugada! —es queixa ella.

—Tranquil·la, a mi m'ho va explicar tot.

—Ah, sí? Així saps què he de fer per poder veure en Bru? —pregunta la Júlia altre cop esperançada.

—Podríem dir que sí... —respon en Tou.

—Que bé! I com ho hem de fer? En Bru vindrà a l'assemblea de coixins?

—Ui, no! El Gran Coixí mai no acceptaria que hi hagués dos pacients a l'assemblea. A més, ja et van dir que en Bru està massa feble per tenir emocions fortes, encara que sigui somiant. Necessita tranquil·litat.

—Doncs, així, quina és la solució?

—Bé... És una mica complicat d'explicar —adverteix en Tou.

—Digues, faré el que calgui!

—Per poder veure el teu amic haurem de sortir d'aquesta habitació i anar a la 127.

—Sortir de l'habitació? —pregunta la Júlia amb cara d'espantada—. Però si jo...

—No pateixis. Ja sé que el tractament t'impedeix ferho. Però bé que aquesta nit has vingut a l'assemblea de coixins!

—Sí, és clar. Però era un somni! I anar a veure en Bru és real! —diu la Júlia.

—Exacte! Per tant, la solució és fondre el món dels somnis amb el món real. Somiar la realitat! —conclou.

—Si somio la realitat...

—Si somies la realitat, somiaràs l'hospital tal com és —acaba en Tou—, amb en Bru a la seva habitació.

—Ja ho entenc! I això es pot fer? —pregunta ella.

—Dona... En el món dels somnis tot és possible... Però valdrà més que anem amb molt de compte; amb aquests experiments, no se sap mai què pot passar.

—I el plànol, per què el necessitem?

—El plànol ens pot fer molt de servei! Has de pensar que haurem de tornar al llit abans no et despertis, i si ens perdéssim, segur que no arribaríem a temps. A més, les persones que us esteu tants dies en una habitació d'aïllament us desorienteu amb molta facilitat —explica el coixí—, i jo no et puc pas fer de guia, perquè no he sortit mai de la 181...

—Així, en Bru sabia molt bé el que es feia quan va demanar a la seva mare que me'l portés!

—Ja ho crec! I ara ja saps què et proposava amb la línia vermella, que l'anessis a veure.

—És clar... I el cofre dibuixat?

—El cofre? Quin tresor et sembla que hi té, en Bru, en aquesta habitació? Tu! És clar!

Quan sent això, la Júlia nota un formigueig que li puja per l'espinada, i poc després una llàgrima li rodola per la galta. Sense rumiar-s'ho gens ni mica, agafa el plànol de la tauleta i hi dibuixa un altre cofre, aquest, a la 127.

—Molt bé. Ja tinc el plànol a punt. Ara què hem de fer? —pregunta decidida la Júlia.

—Ui, ara... Ara toca el més difícil! —l'adverteix en Tou.

—Ah, sí? Què és?

—Ara t'has d'adormir!

—Ostres... Em sembla que sí que em costarà una mica —reconeix ella.

—Doncs a callar i a dormir, que ens espera una nit ben moguda.

—D'acord. Bona nit, Tou —diu la Júlia posant el cap a sobre el coixí.

—Bona nit, Júlia.

—I fins ara —afegeix ella.

Després d'aquestes paraules, el silenci s'apodera de

l'habitació. Però al cap d'una estona, veient que no agafa el son, la noia torna a parlar:

—Tou...

—Sí?

—M'agradaria demanar-te un favor...

—Digues.

—Et puc abraçar?

—A tu què et sembla? És clar que sí!

—Gràcies, Tou —diu ella abraçant-lo amb els ulls clucs.

—De res, Júlia. I fins ara.

Poc després, la Júlia s'adorm amb el coixí entre els braços.

Des del llit estant, la Júlia observa l'habitació. A primera vista, no li sembla que res hagi canviat. Aquesta vegada no hi ha palmeres, ni animalons, ni llibres que enraonin... I tampoc no veu casetes de paper ni sent xivarri de coixins. L'únic que evidencia que es tracta d'un somni és la presència d'en Tou assegut als peus del llit, que la mira fixament mentre gronxa les cames amunt i avall.

—Estàs preparada, valenta? —li pregunta.

—Em sembla que sí —respon ella.

La Júlia agafa el plànol de la tauleta i se'l mira per darrera vegada. Amb el dit índex ressegueix lentament la línia vermella, des de la seva habitació fins a la 127. Vist sobre el paper, ningú diria que és un recorregut gaire llarg, però ella sap molt bé que en els plànols les distàncies no són mai el que semblen.

Amb el full a la mà, baixa del llit i es posa les sabatilles verdes. Nota que el cor li va a cent per hora; li fa molt de respecte sortir de l'habitació després de tants dies de no fer-ho. Però, sabent que la recompensa és poder veure el seu amic, se sent capaç de qualsevol cosa.

En Tou també baixa del llit d'un salt i s'atura davant la porta.

—Sobretot, tinguem present que, encara que nosaltres estiguem somiant, aquí fora tot és real. Hem de ser el màxim de discrets! —diu el coixí.

—Entesos —respon la Júlia assentint amb el cap.

—I encara una altra cosa. Disposem de poc temps, o sigui que valdrà més que no ens encantem. D'acord?

—D'acord.

—Doncs, som-hi!

Dit això, en Tou agafa el pom amb cura i obre la porta molt a poc a poc. Darrere seu, la Júlia s'ho mira expectant. A fora de l'habitació es respira una calma absoluta, i fa la impressió que tot l'hospital dorm. Però tots dos saben que no és així, que el centre roman despert de dia i de nit, i que en qualsevol moment pot aparèixer algú per un extrem del passadís. Així és que, sense entretenir-se ni un moment, comencen a caminar seguint les indicacions del plànol.

La Júlia segueix en Tou a poca distància. El coixí es desplaça tan silenciosament que sembla que no toqui amb els peus a terra, però ella s'ha d'esforçar per no arrossegar les sabatilles. Mentre camina, la noia mira al seu voltant. Malgrat la peculiar situació en què es retroba amb aquell espai, tot el que veu li és familiar: les butaques del passadís, els rètols demanant silenci, els extintors d'emergència...

Quan ja han fet un tros de camí, en Tou s'atura en sec, just abans d'una cantonada.

—Què passa? —xiuxiueja la Júlia.

—He sentit un soroll.

—N'estàs segur?

—Seguríssim. Tinc l'orella molt fina, jo. Arramba't! —diu el coixí amb un fil de veu.

La noia obeeix de seguida. Es queden quiets, amb l'esquena tocant a la paret i tot el cos encarcarat. De sobte, se sent una fressa metàl·lica, i tot seguit unes passes. Instintivament, busquen algun lloc on amagar-se, però en aquell punt del passadís no hi ha cap amagatall possible. Es miren amb els ulls esbatanats, sense saber ben bé què fer.

—Fugim? —pregunta la Júlia.

Però les passes s'allunyen decidides i ben aviat torna la calma.

Després d'uns instants de silenci, la Júlia avança lleugerament el cap i mira a l'altre costat de cantonada. No s'hi veu ningú. Només la porta de l'ascensor oberta uns metres més enllà.

—Buf! Em sembla que ja podem passar —diu.

Encara amb una mica de por, tomben cap a la dreta i continuen el seu camí, i així que se senten una mica més segurs, acceleren el pas; amb l'espant que han tingut, només pensen a arribar a la cambra com més aviat millor.

Al següent encreuament, troben un rètol groc que els indica que ja són al passadís on hi ha en Bru. A mesura que avancen se succeeixen a banda i banda les portes de les habitacions: 123, 124, 125, 126... I, finalment, 127.

Es queden palplantats davant la porta. A la Júlia li

vénen a la memòria les llargues estones que havia passat a la banda exterior del vidre de visites, quan en Bru es trobava més bé i ella encara no estava aïllada. Ara, en canvi, li farà una visita ben diferent: silenciosa, nocturna, fugaç... Però sense cap vidre entremig.

—Entrem? —pregunta en Tou, interrompent els pensaments de la Júlia.

—Entrem —respon ella.

—Tu primera.

La Júlia està tan emocionada, que gairebé li costa respirar. Obre la porta molt a poc a poc i fa un parell de passes cap a l'interior. Tot i que en Bru deu haver apagat el llum abans d'anar a dormir, el pilot d'emergència il·lumina tota la cambra. La distribució és pràcticament idèntica que a la de la Júlia; només la finestra i el lavabo són canviats de costat. Enganxat a la paret, un pòster del Barça presideix l'estança, i tot al voltant, una munió d'avions de paper pintats sembla que voleïn pel cel de l'habitació.

Estirat al llit, hi ha en Bru.

De seguida que veu el seu amic, a la Júlia li cau la segona llàgrima de la nit. No li cal fer cap esforç per romandre en silenci; té moltes coses per explicar-li, però està segura que si ara intentés dir-ne alguna, no li sortirien les paraules. S'asseu al costat del llit i es queda mirant el noi. Sembla que dorm molt profundament. Li costa imaginar-se que, en aquest mateix moment, en Bru pugui estar somiant vés a saber què mentre ella fa aquelles peripècies per poder-lo somiar, a ell.

«M'agradaria tant enraonar amb tu, Bru», pensa. «I que poguéssim sortir de l'hospital, i anar a casa teva a collir fruita sota el sol, i després arribar-nos a la plaça amb bicicleta i fer la nostra parada... Per què no pot ser així, Bru? Per què no et veus amb cor ni de respondre'm les cartes? Per què t'he de venir a veure a plena nit, mentre dorms i d'amagat de tothom, com si fes una cosa mal feta?»

Tot i que té els ulls ben humitejats i les preguntes sense resposta se li acumulen, asseguda al costat d'en Bru la Júlia se sent enormement feliç.

S'hi està una bona estona, fins que en Tou l'interromp altre cop:

—Júlia... Em sap greu, però...

—Sí, sí... Tens raó, hem de marxar... —diu ella.

La Júlia fa un últim cop d'ull a l'habitació. A la tauleta de nit, en Bru hi té una foto d'ell amb la Llesca i una altra dels seus pares, i, al costat, un plec de cartes de les que ella mateixa li ha escrit.

—Ah! M'he deixat la capseta! —exclama la noia de sobte.

—Quina capseta? —pregunta en Tou.

—La capseta de paper amb els pinyols de cirera! Era el regal que havia de fer a en Bru el primer dia que ens tornéssim a veure!

—No passa res, ja la hi donaràs un altre dia... —la consola el coixí.

—I si la vaig a buscar a l'habitació?

—Ni pensar-hi! No ens podem entretenir ni un minut més.

—Doncs haurem de tornar una altra nit! —diu la Júlia.

—Bé, ja ho veurem...

—Com que ja ho veurem? —insisteix ella.

—D'acord, d'acord, tornarem... —cedeix el coixí, nerviós de veure que es fa tard—, però ara hem d'anar de seguida cap a la nostra habitació.

Sense perdre més temps, en Tou agafa la Júlia de la mà i l'estira cap a la porta. Ella el segueix sense deixar de mirar enrere.

—Adéu, Bru... —diu encara—. Ens tornarem a veure...

Abans de sortir, en Tou treu el cap per la porta i observa a dreta i esquerra. Tot sembla tranquil. Sense ni mirar-se el plànol, enfilen passadís amunt fins a passar el rètol groc. Caminen de pressa, aturant-se només a les cantonades per comprovar que no hi hagi ningú.

Quan passen per davant de l'ascensor, alleugereixen una mica el pas; els fa la impressió que en aquell precís instant s'ha d'obrir la porta i n'ha de sortir una munió de gent amb bata blanca. Però aquest cop no es veu ni se sent res. Tomben amb compte cap a l'esquerra i encaren el tram final.

A pocs metres del darrer encreuament, un soroll de passes els fa aturar bruscament.

—Algú ve cap aquí! —xiuxiueja la Júlia.

—Val més que reculem —diu en Tou.

Però just quan es giren per fer marxa enrere, apareixen al fons del corredor dues figuretes humanes que també s'apropen ràpidament.

—Òndia! Això es complica! —exclama en Tou—. I d'aquí a no res hauríem de ser a l'habitació!

—Ens hem d'amagar on sigui! —diu la Júlia.

I encara no ha acabat de dir-ho, que ja s'ha entaforat en un racó, mig ajupida entre una butaca i la paret. Al mateix temps, el coixí es posa dins un carretó que hi ha aparcat a l'altra banda de passadís, camuflat entre llençols i tovalloles.

Se senten les passes com s'apropen, i, finalment, com arriben on són ells i passen de llarg. La Júlia respira alleujada, però sent les altres dues persones com xerren mentre caminen en aquella direcció. Les veus li són familiars, però allà enclotada no pot veure absolutament res. Quan ja són a pocs metres, les reconeix: són l'infermer i la Roser! Per un moment s'imagina aquella dona tan sorruda esbroncant-la al mig del passadís, i ella intentant-se defensar explicant-li que tot plegat és un somni i que justament ara se'n tornava cap al llit. L'infermer dels cabells llargs, en canvi, està segura que entendria els seus arguments.

En arribar davant del seu amagatall, s'aturen. La Júlia té els ulls clucs i no gosa moure ni una parpella, ni tan sols respirar. Està convençuda que l'han enxampat. Però, després d'uns llarguíssims segons, l'infermer i la infermera reprenen el pas.

Així que són fora, surt del seu racó, encara tremolosa.

—Buf! Tou, ja podem... Tou!!!

La Júlia no s'ho pot creure: el carretó on s'havia amagat el coixí ha desaparegut! Espantada, avança fins al primer trencall, i un xic més enllà hi veu la Roser empenyent-lo passadís amunt.

—Oh, no! Se l'endú! —s'exclama la noia tot veient com s'allunya.

Al cap de ben poc, la infermera arracona el carretó i entra en una de les portes laterals. Immediatament després, torna al corredor, però en aquell breu instant en Tou ja ha sortit esperitat en direcció on hi ha la Júlia.

—Corre, Júlia! Que el temps se'ns acaba! —li crida des d'un bon tros lluny.

La noia corre uns quants metres i arriba a l'habitació, però la distància que ha de recórrer en Tou és molt més llarga.

—Va, Tou! Va, Tou! —el crida ella, ja des del llit.

Però passen els segons i en Tou no arriba. La Júlia tem que la Roser l'hagi arreplegat a mig camí.

—Va, Tou! Corre! No em pots deixar sola! No em pots deixar sola!

La Júlia es desperta esverada, tota xopa de suor, i el primer que fa és comprovar si hi ha en Tou al seu lloc. I no, no hi és.

«No pot ser... No em puc haver quedat sense en Tou...», es diu, incrèdula.

Però la veritat és que al llit no hi ha cap coixí.

Abans de tenir temps de refer-se del disgust, la Roser entra a l'habitació.

—Ui! Ja t'has despertat? Com et trobes, maca? —pregunta la infermera.

Així que l'ha vista entrar, la Júlia ha relacionat la visita amb el mal tràngol d'aquesta nit. En el somni estava quasi convençuda que tant l'infermer com ella l'havien vista al seu amagatall, i quan s'ha despertat i s'ha adonat de la desaparició d'en Tou de seguida ha pensat que la Roser hi tenia alguna cosa a veure. Malgrat tot, però, la infermera no ha entrat a la seva habitació enfurismada com ella hauria imaginat, sinó més aviat al contrari. Fins i tot se li adreça amb una simpatia gens habitual en ella.

—En Gil ja m'ha explicat això del somni d'aquesta nit —diu.

La Júlia queda muda. Així resulta que algú ha explicat a la Roser el que ha passat aquesta nit! Un tal Gil, que ella ni tan sols coneix!

—Qui és en Gil? — pregunta finalment.

—Sí, dona! —respon la Roser—. Aquell infermer tan alt i guapo de cabells llargs! Segur que t'hi has fixat...

«L'indi!», dedueix immediatament la Júlia. Ja no li queda cap dubte: l'infermer (que es veu que es diu Gil) l'ha vista amagada al passadís.

—Fa un moment —continua la infermera—, en el canvi de torn, m'ha dit que aquest matí, quan et canviava la bossa de la medicina, et bellugaves i xisclaves mentre dormies. Que tenies un malson, vaja! Però m'alegro que ja estiguis desperta i més tranquil·la. Tot i que, la veritat, no es pot dir que facis gaire bona cara...

En sentir aquesta explicació, el rostre de la Júlia canvia de cop. Després d'un moment de confusió, dedueix que, definitivament, la Roser i l'infermer dels cabells llargs no saben res del que ha passat aquesta nit. Quin descans!

La llàstima és que, mentrestant, el seu estimat coixí continua essent en algun lloc desconegut...

Tot i el mal despertar que ha tingut, a mig matí la Júlia està quasi eufòrica. A més d'haver descobert que la Roser i l'infermer no saben res de la seva escapada nocturna, ha tingut un parell de bones notícies més. La primera ha estat la visita sorpresa de la mare, que avui passarà tot el dia al seu costat Tenia tantes ganes de veure-la! La segona... La segona bona notícia ha trigat una mica més a arribar.

Quan aquest matí ha vist la mare, la Júlia se li ha llançat al coll i l'ha omplert de petons i abraçades, ben bé com si fes mesos que no s'haguessin vist.

Així que s'han acabat les moixaines, la mare s'ha tret la jaqueta i ha començat a repassar de dalt a baix tots els racons de l'habitació, sense estalviar-se cap comentari. «Oh, quin goig que fa el pòster dels rèptils en aquesta paret...», «Guaita! La bufanda del teu amic Bru...», «I no et molesta el tic-tac del despertador de la bruixa, tot el dia aquí al costat?», «Et deixo els llibres que t'he portat aquí amb els altres...», «Renoi, si te n'ha fet, de coses de paper l'avi! Que les has fetes tu? Ja dic jo que ets tota una artista!»...

—Es pot saber què fas a la nit, Júlia? —li ha preguntat a la fi.

—A la nit? Dormo, com tothom...

«Si sabessis», ha pensat la Júlia.

—Doncs qualsevol diria que et baralles amb algú! —ha dit la mare tot ajupint-se—. Si no, no sé com t'ho fas perquè el coixí et vagi a parar a sota el llit.

—Què? El coixí?

—Sí, sí. El coixí —ha repetit la dona posant-se dreta amb en Tou a la mà—. No entenc com pot ser que no l'hagis trobat a faltar. Tan malament que s'hi dorm, sense...

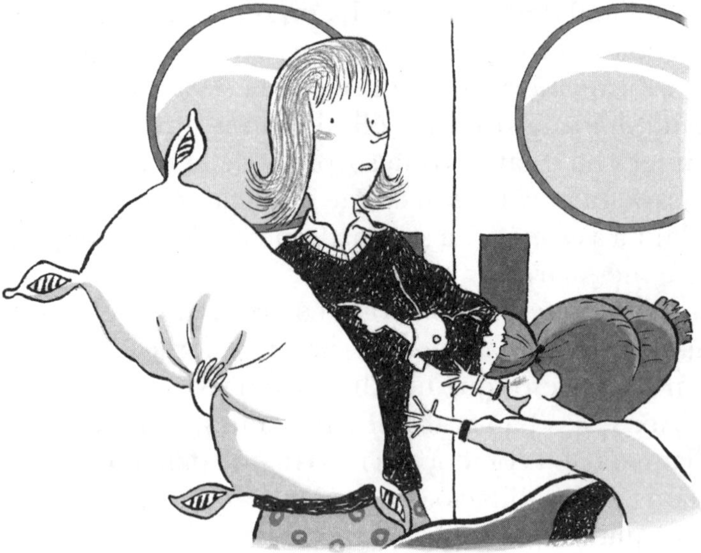

—El coixí! Has trobat el coixí! —ha exclamat eufòrica la Júlia.

En veure aquella reacció, la mare se l'ha mirada estranyada.

—Bufa, nena. Doncs sí que l'enyoraves, el teu coixí...

—Era a sota el llit! A sota el llit!

—És clar que era a sota el llit! On volies que fos, sinó? D'excursió? Pobreta meva, com necessites sortir d'aquesta habitació...

—Tou.. Tou... Ei, Tou! —murmura la Júlia.

—Mmm...

—Sóc jo... Ja ets al llit, Tou!

—Júlia! Que content que estic de sentir-te! —es desperta de cop el coixí—. Ui... Però quina hora és?

—Aviat serà hora de dinar.

—Òndia! Ja saps que a aquesta hora val més que calli, que ens podrien sentir!

—Només serà un moment; la mare és al lavabo —diu la Júlia per tranquil·litzar-lo—. Volia que sabessis que finalment tot ha anat bé. I això que aquest matí, quan no t'he vist, he tingut un bon ensurt...

—Buf! Em sembla que ens va anar d'un pèl... Jo, després de la correguda, vaig caure de morros i em vaig arrossegar per terra fins a veure les teves sabatilles verdes. I ja no recordo res més.

—Doncs encara bo que la mare t'ha trobat a sota el llit, que si no...

En aquell moment la dona surt del lavabo.

—Em cridaves, Júlia? —li pregunta.

—Què?

—M'ha semblat que deies alguna cosa —insisteix la mare, que ha sentit com la seva filla l'anomenava.

—Ah, sí! Que si em pots portar els mocadors de paper... —dissimula ella.

—I tant! Avui que sóc al teu costat només has de fer que demanar! —diu acostant-li la capsa.

La Júlia en treu un mocador i se'l queda mirant, estranyada; hi ha unes lletres escrites amb retolador vermell que diuen: «ATXUM!» Sense entendre d'on han sortit, la Júlia treu un altre mocador i torna a llegir: «ATXUM!» Finalment, en treu un tercer, on posa: «SALUT, JÚLIA!, l'avi.» La mare i ella riuen de l'acudit.

Després de mocar-se, la Júlia pensa que, ben mirat, l'avi és com si sempre fos al seu costat. Fins i tot quan a ella li sembla que està sola.

La Júlia es passa la tarda asseguda al llit, mirant els àlbums de fotografies que ha dut la mare. Li fa molta gràcia reconèixer els pares quan eren més joves, i veure's a ella mateixa de petita jugant a pilota, picant de mans, asseguda a l'orinal... I també comprovar com anava creixent entre passejades pel bosc, excursions a la neu, berenars amb els cosins... Li vénen tants records a la memòria!

Però l'àlbum que li fa més il·lusió és el darrer de tots. A les primeres planes, s'hi veu la mare amb una panxa enorme, ben bé com si portés una pilota amagada sota el vestit. Poc després, apareixen la Joana i la Cèlia; amb bolquers, amb pijamets de dibuixos, dormint, rient, plorant... Petites com elles soles i idèntiques l'una de l'altra, com dues gotes d'aigua. I d'entre tantes fotografies, la que més agrada a la Júlia és l'última de totes, la d'ella al sofà de casa amb una germaneta a cada costat. I com n'està, d'estarrufada!

Quan acaben de mirar els àlbums, la Júlia agafa un llibre de la tauleta i d'entre els fulls en treu una altra fotografia. És la colla de l'hospital.

—Mira, mare: l'Eva, la Cristina, en Pol, la Cinta, l'Adrià, l'Arnau, en Bru... —va dient mentre assenyala els nens.

—Renoi! Si n'has fet, d'amics, a l'hospital!

—Ja ho crec! I encara en falten!

—I aquí surts tu —observa la mare—. Quan encara portaves la trena...

A diferència d'ella, el dia que els van fer la fotografia la majoria dels seus amics ja portaven el cap ben pelat. Recorda que, poc després d'haver arribat a l'hospital, veure tants nens i nenes en aquella situació va deixar d'impressionar-la. És més, un dels primers jocs que hi va aprendre va ser el d'intentar endevinar com eren els cabells dels seus nous companys. I la veritat és que no és gens fàcil esbrinar si algú amb el cap pelat és ros i de cabells llisos, pèl-roig i ple de rínxols, o morè i de cabells brillants i ondulats!

Justament mentre parlen de cabelleres, entra en Gil, l'infermer.

—Bona nit —saluda.

—Hola, Gil —diu la Júlia, cofoia de saber el nom del noi.

—Bona nit? —pregunta la mare mirant el rellotge—. Valga'm Déu, no em pensava pas que fos tan tard! Com que encara és clar... I estic tan ben acompanyada...

—Ja ho pot ben dir. Té una filla molt eixerida —diu en Gil amb un mig somriure.

—Oi que sí? Tracteu-me-la amb molta cura... —demana la mare.

L'infermer fa que sí amb el cap i posa el termòmetre a la noia.

Abans de marxar afegeix:

—Per cert, Júlia. Les sabatilles verdes et queden molt bé amb el pijama dels camaleons —i surt de l'habitació, aquest cop amb un somriure d'orella a orella.

Quan en Gil ja és fora, a la mare li falta temps per comentar la jugada:

—Renoi, Júlia! No ho sabia pas que a l'hospital hi hagués infermers tan ben plantats! I quin parell de floretes que t'ha deixat anar! Tot i que no entenc perquè t'ha dit que et queden bé les sabatilles, si t'ha vist dins del llit...

A la Júlia la desconcerta, l'observació que ha fet la mare, i es pregunta si en Gil li ha volgut dir alguna cosa amb aquell comentari. De tota manera, res no la farà canviar de plans; ja fa estona que ha decidit que aquesta nit tornarà a veure en Bru.

Quan la Júlia explica a en Tou la seva decisió, el coixí no es pot creure el que sent.

—Així que no n'has tingut prou amb la nit passada?! —s'exclama en Tou.

—No. Tinc ganes de tornar a veure en Bru —insisteix la Júlia.

—Això si arribem a la seva habitació!

—És clar que hi arribarem! Per què no hi hauríem d'arribar? —pregunta ella.

—Doncs perquè ja vas veure que a aquelles hores els passadissos de l'hospital semblen la Rambla de tanta gent com hi ha! —diu el coixí.

—Va ser una coincidència, que tothom passés a la mateixa hora!

—Potser sí, però va anar d'un pèl que no ens poséssim en un bon embolic. Et recordo que a mi m'han trobat a sota el llit!

—Ja ho sé, que vam acabar amb presses. Però t'asseguro que aquest cop no m'entretindré. Només vull veure'l un moment i deixar-li la capseta dins el calaix —diu la Júlia assenyalant la capsa de colors.

—No n'estic gaire convençut...

—Pensa que al matí, quan es desperti, estarà contentíssim de veure que l'hem visitat! I de trobar un regal que he fet jo mateixa! Se sentirà molt orgullós de mi!

Veient-la tan engrescada, en Tou acaba cedint i es compromet a acompanyar-la de nou.

—Però que sigui l'última vegada, eh? —posa com a condició.

—Gràcies, Tou! —diu la Júlia tot abraçant-lo.

I per segona nit consecutiva, la Júlia s'adorm amb el coixí entre els braços.

El primer que veu la Júlia és en Tou assegut a la butaca amb el plànol a la falda.

Per la manera com mira el paper, la noia diria que està molt concentrat.

—Què rumies, Tou? —li pregunta.

—Hola, Júlia. Estic buscant un itinerari nou per a la sortida d'aquesta nit —respon sense ni aixecar la vista.

—Un itinerari nou? Però si el camí que ens va marcar en Bru és el més curt de tots!

—Sí, és clar. Però que sigui el més curt no vol dir que sigui el que més ens convé. Jo em quedaria molt més tranquil si poguéssim arribar a l'habitació 127 sense haver de passar per davant de l'ascensor, encara que haguéssim de fer una mica de volta. No em fa gens de gràcia aquella portota metàl·lica que s'obre quan menys t'ho esperes; sembla que l'hagin posada expressament per fer-nos la guitza.

—Potser tens raó. A mi l'ascensor també em fa una mica de por —reconeix ella—. Però quina alternativa tenim?

—Guaita! Què et semblaria passar per aquest passadís paral·lel i estalviar-nos l'ascensor? —diu en Tou assenyalant el recorregut sobre el paper—. No seria gaire més llarg que el camí d'ahir. A més, en aquesta zona hi ha molt poques habitacions; segur que a la nit no hi circula gairebé ningú.

—I passaríem per la terrasseta! —observa la Júlia.

—La terrasseta?

—Sí. En Bru i jo hi anàvem sovint. És una terrassa molt petita, potser la més petita de l'hospital, i des d'allà es pot contemplar el jardí, i tota la ciutat, i el mar a l'horitzó... És preciós.

—Bé... Si en tornant anem bé de temps, podem sortir a aquesta terrasseta; però només un moment i prou, que no anem pas a fer turisme!

—Ja veuràs com t'agradarà! —li assegura la Júlia.

—I ara, som-hi!, que no tenim temps per perdre. I sobretot no et deixis el regal d'en Bru!

La Júlia agafa la capseta de paper i se la mira satisfeta. Realment li va quedar molt bonica: té la forma perfectament quadrada, i els triangles de colors que hi va pintar li donen un aspecte d'allò més alegre. Abans de ficar-se-la a la butxaca del pijama, l'obre i comprova que els dos pinyols de cirera encara són a dins.

Quan té el regal ben guardat, la Júlia fa un senyal a en Tou per avisar-lo que ja està preparada. El coixí obre la porta amb la mateixa cura i lentitud que la nit anterior. Surten a fora sigil·losament, i de nou perceben l'aparent tranquil·litat del passadís. Encara quc sigui la segona vegada que s'escapen, tornen a tenir els nervis a flor de pell. Es dirigeixen en direcció contrària al que indica la línia vermella del plànol, i, tot i que no passen pels mateixos llocs d'ahir, el començament del trajecte els sembla pràcticament idèntic. Quan ja fa una estona

que caminen, la distribució de les portes comença a canviar, fins que tot el costat dret del corredor es converteix en una llarga rastellera de finestrals. A través de les cortines s'intueixen les vistes panoràmiques de què parlava la Júlia, però ells continuen avançant sense distreure's; ara l'únic important és arribar aviat a l'habitació d'en Bru.

Quan s'acaba el passadís, tomben a mà esquerra, fan unes passes més i s'aturen a l'encreuament del rètol groc, que els indica que ja falta poc per a l'habitació 127. Veient que el moment s'acosta, la Júlia es palpa la butxaca per assegurar-se que encara duu la capseta.

Abans de començar el tram final, el coixí avança el cap per comprovar si tot està en calma. No hi veu ningú. De moment, el pla d'en Tou ha sortit a la perfecció: no han trobat cap obstacle en tot el camí.

Així que arriben, la Júlia obre la porta de l'habitació i entra sense pensar-s'ho dues vegades. Ara és en Tou qui la segueix. Però un fet inexplicable s'esdevé en aquest moment. Ella és la primera que se n'adona: el llit d'en Bru és buit.

La noia queda atònita, clavada a terra, sense poder ni parpellejar.

—Al lavabo tampoc no hi és —diu en Tou—. És molt estrany...

La Júlia sap molt bé que, com ella, en Bru no pot sortir de l'habitació per res del món. Com pot ser, doncs, que no hi sigui? Per un moment li passa pel cap que el seu amic pugui estar somiant la realitat, com fa ella, i que hagi sortit a cercar-la. Però recorda que a l'assemblea el seu coixí li va dir que, en l'estat en què es trobava, l'únic que podia fer el seu amic era reposar i intentar estar tranquil.

—On és en Bru? —pregunta finalment.

—Potser l'han canviat d'habitació —diu en Tou per tranquil·litzar-la. Però de seguida s'adona que el que acaba de dir no té cap ni peus. Quin sentit tindria fer una cosa així? A més, si en Bru estigués instal·lat en un altre lloc, què hi farien els avions de paper enganxats a la paret, i el pòster, i la fotografia de la Llesca sobre la tauleta...?

—I si l'han dut a la sala d'operacions? —afegeix el coixí—. Qui sap si aquest vespre li havien de fer alguna intervenció i demà ja tornarà a ser aquí!

—Potser sí... —diu la Júlia poc convençuda—. Doncs val més que em torni a endur la capseta i li doni el dia que el tingui davant...

—És clar que sí! I ara, en comptes de donar-hi voltes, serà millor que et preparis per girar cua. Si marxem de seguida, segur que tindrem temps de fer un cop d'ull a la vostra terrasseta! —l'anima en Tou.

—Sí, anem —fa ella encara amb el cor encongit.

Així és que, sense perdre ni un minut, obren la porta i surten de l'habitació.

Avancen uns quants metres sense separar-se l'un de l'altre, amb la mica de seguretat que els dóna el fet de ser el quart viatge que fan entre el laberint de corredors de l'hospital. Quan arriben a la cantonada, senten que algú s'acosta empenyent un carretó de la neteja; però en un tres i no res s'amaguen darrere de dos enormes testos amb aràlies. Quan ja ha passat el perill, surten de l'amagatall i continuen el seu camí fins al passadís dels finestrals.

A mig corredor, la Júlia s'atura davant d'una porta de vidre.

—És aquí.

Abans de sortir, s'agafen les mans, com si tinguessin por que a l'exterior un vent huracanat se'ls endugués. Però res més lluny de la realitat. A fora, la calma és absoluta. Ni un bri de vent, ni cap soroll ni res de res. Fins i tot la temperatura és d'allò més agradable.

S'acosten a la barana i veuen el jardí de l'hospital, il·luminat per quatre tímids fanals de llum groguenca. Però, tal com havia dit la Júlia, l'espectacle continua amb les vistes de la ciutat, que a aquesta hora és un vasta extensió de llums escampats aquí i allà.

Al fons de tot, quiet com una gran bassa d'oli, hi ha el mar. La Júlia s'havia imaginat que enmig de la foscor l'oceà seria tan o més negre que el cel, però no és així: com si volgués fer un regal a aquells peculiars espectadors, una lluna immensa suspesa arran d'aigua s'hi reflecteix i el fa més bonic que mai.

Tots dos queden muts contemplant aquell fantàstic paisatge.

Al cap d'una estona, encara amb la pell de gallina, la Júlia pregunta al seu coixí:

—Què et sembla? Oi que valia la pena venir?

—Ja ho crec. Mai no havia vist res de semblant —reconeix en Tou—. I això que tota la vida he viscut aquí al costat.

—Llàstima que en Bru no hi sigui per veure-ho —diu ella amb la mirada perduda a l'horitzó.

Quan acaba de dir això, la noia tanca els ulls i respira profundament.

Però el grinyol estrident de la porta per on han sortit els fa tornar de cop a la realitat. Es tomben sobresaltats, esperant trobar algun treballador de l'hospital mirant-los interrogativament, incrèdul de veure un coixí amb cames i braços donant la mà a una pacient que s'ha escapat de la seva cambra. Però l'únic que veuen són les cortines que voleien per la mica de brisa que s'ha girat.

A la Júlia i en Tou no els cal dir-se res per saber que ha arribat l'hora de deixar aquell lloc. S'acosten amb compte a la porta, ara mig oberta, i reprenen el camí passadís amunt. Si no els surt cap entrebanc, avui no hauran de córrer per poder arribar a temps a l'habitació.

La Júlia es desperta tard, abraçada a en Tou, i així que veu la capsa sobre la tauleta li ve a la memòria la sortida d'aquesta nit. La tornada a la seva habitació ha estat força plàcida, i en tot el camí no hi ha hagut cap moment de veritable perill. També recorda la imatge de la lluna reflectida damunt del mar, i la ciutat il·luminada, i el jardí de l'hospital mig a les fosques. Però el que té més present és, sens dubte, l'enorme decepció que s'ha endut quan ha vist que el llit d'en Bru era buit. Ara mateix, la Júlia frisa per esbrinar què diantre ha passat al seu estimat amic: si és en una altra cambra, si l'han operat, si ha empitjorat... El problema és que d'això, amb prou feines en pot parlar amb ningú. Com se la mirarien si digués que ha anat a l'habitació 127 i ha vist que en Bru no hi era? Si expliqués que a les nits s'escapa amb el seu coixí... Segur que es pensarien que s'ha trastocat!

De cop i volta, s'obre la porta i entra la Teresa amb l'esmorzar.

—Bon dia! Què fa la més trempada de la casa? —diu la infermera.

—Hola, Teresa! —exclama la Júlia—. Feia dies que no et veia!

—Dona, que també tinc dret a fer algun dia de festa, jo! Si no, amb aquests horaris que faig pararia ximple! —bromeja.

—Doncs jo estic contenta que tornis a treballar —respon la Júlia tot rient.

—Oh, no et pensis que no tenia ganes de veure't. Tot i que, la veritat, m'hauria agradat més que a tu també t'haguessin donat vacances...

—Segons l'avi, ja en faig, de vacances! Sempre diu que això no és un hospital, sinó un hotel de cinc estrelles, amb un servei molt eficient que tracta molt bé els seus clients. I que he d'estar contenta perquè no em falta de res.

—Tens un avi fantàstic.

—Doncs molta gent quan li sent dir aquestes coses diu que està tocat de l'ala —continua la Júlia—. Però a mi l'avi m'ha explicat que si ell s'inventa històries és per intentar que la vida sigui més bonica i, sobretot, més divertida. I això moltes persones no ho entenen.

—Doncs, em sembla que els que critiquen l'avi no són ni la meitat de savis que ell, Júlia. Tu continua escoltant-lo —li aconsella la Teresa—, que segur que amb ell t'ho passes molt bé!

—Ja ho crec!

La Teresa deixa l'esmorzar a la taula i canvia les tovalloles del lavabo.

—Me'n vaig, maca —s'acomiada la infermera—. Però aviat tindràs companyia; el teu pare deu estar a punt d'arribar.

—Teresa...

—Sí?

—Tu no deus pas saber res d'en Bru, oi? —pregunta la Júlia.

—D'en Bru? No... Ja saps que és a l'altra banda de l'hospital. A més, amb aquests dies de festa no estic gaire al corrent de res.

—Vaja...

—Però sí que m'he assabentat d'una altra cosa que t'agradarà molt! —diu la Teresa canviant de tema.

—Ah, sí?

—Sí. M'han dit que aquesta tarda tindràs una sorpresa!

—Una sorpresa? Quina? —pregunta la noia.

—Si t'ho dic, no serà sorpresa! Ja ho veuràs... Molt bon dia!

A mig matí entra el pare carregat de videojocs. La Júlia està molt contenta amb aquell regal, però al cap de poca estona de jugar-hi ja se n'ha cansat. No pot deixar de pensar en en Bru i en l'últim que li ha dit la Teresa quan li ha dut l'esmorzar. «Aquesta tarda tindràs una sorpresa!», han estat les seves paraules. Una sorpresa? Però si a l'hospital tots els dies són iguals! És difícil que et sorprenguin si t'estàs dia i nit aïllada en una habitació. Tot i que, ben mirat, Déu n'hi do les peripècies que li estan passant darrerament!

Mentre rumia tot això, la Júlia s'adona que al pare se li acluquen els ulls. Probablement avui s'ha aixecat de fosc per anar a treballar una estona abans de venir-la a veure. I seria estrany que ahir hagués tornat de la feina abans de les deu de la nit. Si dorm tan poc, segur que no pot somiar gaire —pensa.

—Pare...

—Digues, Júlia —fa ell mig adormit.

—Què has somiat aquesta nit passada?

—Aquesta nit... Mmm... Doncs ara mateix no ho recordo. De fet, em sembla que normalment no somio, jo.

—Ja m'ho imaginava... No somies perquè no tens temps! —diu la Júlia, convençuda.

—No, dona, no. El que passa és que dormo profundament; no veus que m'he de refer per anar a treballar l'endemà!

—Doncs a mi m'agrada molt, somiar.

—Què vols que t'hi digui... És una manera com una altra de perdre el temps —diu el pare—. Ja em diràs què en treus, de somiar.

—Que què en treus? Doncs que en somnis pots fer moltes coses que quan ets despert són impossibles! I pots veure gent que tens lluny, i enraonar-hi... —defensa la Júlia.

—Ai, Julieta... Tot això que dius està molt bé. Però tingues present que només són somnis; o sigui, res.

—No m'agrada això que dius, pare.

—Va... no t'ho agafis així. Quan siguis gran, ja ho entendràs. Vols que fem una altra partida?

La Júlia pensa que, si fer-se gran vol dir veure-ho tot com el pare, ella s'estima més quedar-se tal com està. Realment hi ha coses que els grans no poden entendre...

Poc després de dinar, la Júlia sent una veu desconeguda que la crida des del vidre del passadís. Es gira per veure qui hi ha i, del sobresalt, fa un crit que fins i tot desperta el pare, que ja s'havia tornat a endormiscar. Amorrat a la finestra circular, amb la cara i les mans plantificades al vidre, ha vist un pallasso amb el rostre pintat i un nas de color vermell. Amb el xiscle de la Júlia, el pallasso ha fet com si s'hagués espantat i ha fugit cames ajudeu-me. Al cap d'uns segons, reapareix movent-se molt a poc a poc, com si temés un altre crit de la noia. Però ara ella s'ha assegut als peus del llit i es mira aquell personatge amb un enorme somriure als llavis.

Durant una bona estona, i pràcticament sense dir res, el pallasso s'està davant la Júlia fent-la riure a cor què vols: intenta abaixar les cortines de l'altra banda del vidre; es pentina els rínxols de la perruca com si fos davant d'un mirall; simula que mira el firmament des de l'ull de bou d'un coet; navega dins d'un vaixell imaginari enmig d'una formidable tempesta; fa voltes i més voltes com si centrifugués dins d'una rentadora... I, quan sembla que ja ha acabat l'actuació, fa un dolcíssim petó al vidre i se'n va.

—La Teresa tenia raó. Quina sorpresa tan fantàstica! —diu la Júlia.

—Sí... Ha estat divertit —respon el pare—. Però no vull ni pensar què dirà la Roser quan vegi com ha quedat el vidre.

Just quan el pare acaba de dir això, el pallasso torna inesperadament a escena, aquest cop amb un mocador al cap i un carretó ple d'estris de neteja, i, tot xiulant una cançó, frega el vidre fins a deixar-lo net com una patena. En acabat, satisfet de la seva obra, fa una solemne reverència entre els aplaudiments de la Júlia i el pare.

Després de l'ovació, el pallasso es queda quiet, mirant fixament els ulls de la Júlia. Tot seguit, tanca les parpelles, i, esbossant un tímid somriure, s'acosta al vidre i fa un altre petó encara més dolç que el primer. Sense obrir els ulls, marxa definitivament deixant els llavis marcats al bell mig de la finestra.

—Què et sembla si telefonem a les nenes, Júlia? —diu el pare a mitja tarda—. Així els podràs explicar la visita que has tingut!

—Sí! Truquem-les!

El pare acostuma a parlar de «les nenes» per referir-se a la mare de la Júlia i les seves tres filles, tot i que la mare ja fa temps que no és una nena i la Júlia cada dia ho és una mica menys. Quan truquen a casa, però, la mare està banyant les bessones, i qui respon al telèfon no és precisament cap nena, sinó l'avi. Es veu que ha aprofitat que no havia d'anar a l'hospital per fer una visita a les altres dues nétes.

—M'estàs dient que a l'hotel també hi ha servei de pallassos? —bromeja.

—Sí, avi, sí!

—I que el que t'han enviat ha actuat exclusivament per a tu?

—I per al pare! I ens hem fet un tip de riure! —explica la Júlia.

—Em sembla que quan tingui vacances vindré uns dies al teu hotel...

—Però si hi véns molt sovint!

—Dona... Ara ja fa un parell de dies que no hi passo... Però demà vindré sens falta —assegura l'avi.

—Que bé! T'he d'explicar moltes coses... —diu la Júlia canviant el to de veu.

—Seré tot orelles.

—És que estic molt preocupada per en Bru, saps?

—Vaja...

—Em sembla que li ha passat alguna cosa. No ho sé...

—Ai, la meva Júlia... Hauries de mirar de no rumiar tant.

—Potser sí.

—Si no, haurem de trucar altre cop al servei de pallassos de l'hotel! —torna a bromejar l'avi—. Tu no pateixis, que demà parlarem tot el dia, d'acord?

—D'acord.

—Un petó, bonica.
—Fins demà, avi.

La Júlia mira per la finestra. Des del llit estant, l'únic que pot veure és un núvol capritxós sobre un fons blau que es va enfosquint. S'ha passat tota la tarda contemplant aquell mateix tros de cel i pensant en la situació d'en Bru, i després de donar-hi moltes voltes està quasi convençuda que al seu amic no li pot haver passat res de bo.

Quan ja és negra nit, la veu d'en Tou interromp els seus pensaments.

—Bona nit, Júlia!

—Hola, Tou —respon ella sense gaire entusiasme—. Em pensava que t'havies quedat adormit.

—Oh! M'ha faltat ben poc! Amb la cridòria d'aquesta tarda amb prou feines he pogut aclucar l'ull...

—Ui... Ja em sap greu. És que ens ha vingut a veure un pallasso i el pare i jo ens hem esverat una mica.

—Tranquil·la; ho trobo fantàstic, que et distreguis i passis bones estones. És el que més et convé —opina el coixí—. Tot i que la veritat és que ara mateix no se't veu gaire animada...

—No, no gaire... —reconeix la Júlia.

—És clar. El somni d'ahir... l'habitació d'en Bru buida... Hi deus haver donat moltes voltes, oi?

—Sí... Gairebé no he pensat en res més.

—I segurament ningú no te n'ha donat cap explicació.

—No, ningú. Però ja veig que ha d'haver passat alguna cosa...

—Mmm...

—Tu no me'n pots dir res?

—Bé... Què vols saber?

—M'agradaria saber si el somni d'ahir era tan real com semblava. De debò que en Bru no era a l'habitació?

—No en tinguis cap dubte.

—Doncs, si ningú no m'ha dit res de cap operació, ni de cap canvi d'habitació ni res de res, què li ha passat, a en Bru? On és ara? —pregunta la Júlia.

Just en aquest moment, s'obre la porta i entra en Gil.

—Tot bé, Júlia? —xiuxiueja l'infermer.

—No puc dormir.

—I doncs? Val més que apaguis el llum i pensis en coses boniques.

—Gil, on és el meu amic Bru?

Quan sent la pregunta, al noi li canvia la cara de cop.

—En Bru? Deu ser a la seva habitació, descansant...

—Em fa l'efecte que no... —diu ella.

Es fa un breu silenci. L'infermer sembla que no gosi contradir-la.

—No ho sé, Júlia... —diu finalment—. Però tu ara el que has de fer és reposar. Per què no acluques els ulls, a veure si tens un somni ben bonic? Et penjaré una bosseta que t'ajudarà a dormir.

En Gil li posa la medicina i s'acomiada de la noia amb una certa recança.

—Bona nit. I si necessites res, fes-m'ho saber de seguida.

Ella no contesta.

Encara que el noi no se n'ha adonat, ja fa estona que té els ulls plens de llàgrimes.

Quan la porta és tancada, la Júlia diu amb la veu entretallada:

—En Gil tampoc no ha sabut què dir-me, Tou... Tinc molta por... Em sembla que no tornaré a veure mai més en Bru...

En Tou roman en silenci.

—...no tornaré a veure mai més en Bru... —continua plorant la Júlia. Fins que, poc després, es queda completament adormida amb el coixí entre els braços.

—El veuràs més aviat del que et penses.

A la Júlia aquest lloc li és molt familiar. Sap de segur que hi ha estat altres vegades i que se n'ha endut un bon record; però, així i tot, ara mateix no és capaç de reconèixer-lo.

Al seu davant, un passadís encatifat i decorat a banda i banda amb cortines de vellut vermell es perd en la foscor. Li agradaria esbrinar cap a on mena aquest misteriós corredor, però la llum és tan minsa que gairebé no gosa moure's.

De sobte, pocs metres més enllà, un focus potentíssim il·lumina una pista circular, envoltada de seients encoixinats i coberta amb un enorme sostre de lona. La Júlia ho observa tot atentament. Al centre de la pista, sobre un fons tan blanc que gairebé enlluerna, hi ha dibuixada una estrella vermella de cinc puntes, que també sembla acabada de pintar. A l'altra banda, situat entre dues columnes engalanades, hi destaca un petit teló adornat amb unes llampants sanefes daurades. La Júlia ja no en té cap dubte: està plantificada al bell mig d'un circ.

En un seient de la primera fila, mirant fixament l'escenari, hi ha l'únic espectador del recinte. És un noi poc més alt que ella, i porta un xandall de color blau i una bufanda penjada al coll.

La Júlia s'hi acosta molt a poc a poc. A cada passa que fa, el terra cruix escandalosament, però no és fins que el té just al davant que el noi es tomba i li pot veure la cara.

—Bru! —exclama la Júlia.

Ell se la mira amb un somriure esplèndid als llavis.

—Xxxssst... —li fa molt suaument—. Seu, que està a punt de començar.

—A punt de començar? El què? —xiuxiueja ella.

—L'espectacle!

La Júlia s'asseu, una mica desconcertada. Durant una estona, s'estan en silenci l'un al costat de l'altre, agafats ben fort de la mà i amb els ulls clavats a la pista.

Tal com ha dit en Bru, l'inici de la funció no es fa esperar. Mentre de fons sona un valset d'allò més alegre, apareix en escena una peculiar parella de ball. Es tracta de dues pallasses guarnides amb un nas vermell, una bata blanca d'hospital i uns enormes sabatots, que intenten debades seguir el ritme de la cançó.

Tot i la disfressa, la Júlia de seguida les reconeix.

—La Roser i la Teresa! —crida divertida.

Al mig de la pista, les dues infermeres continuen ballant el vals, ensopegant a cada volta i discutint quina d'elles és la més pocatraça.

—Es pot saber a quina escola de ball has anat, tu? —pregunta la Teresa fent veu de nas.

—No n'has de fer res, xafardera! —respon, esquerpa, la Roser.

—Uuui... Ja veig que et vols fer la interessant...

—Per què diantre vols saber a quina escola de ball he anat?

—Doncs per no anar-hi, ves! —riu la Teresa.

—Guaita-la! Ara es pensa que hi entén! Amb la falta que et faria tenir un bon mestre...

—Escolta, maca, que si no fos perquè jo porto el ritme, aquí no hi hauria qui ballés!

—Ara pla! Però si t'hauries de dedicar a fer vi, que quan balles sembla que aixafis raïms!

En un moment de la discussió, la Roser perd els estreps i trepitja rabiosament la seva companya. A l'instant, la Teresa es posa a bramar com una criatura, assenyalant acusadorament la pallassa agressora.

—Buaaa! M'ha trepitjaaaat! M'ha trepitjaaat!

Com si no hi tingués res a veure, la Roser passeja per la pista mirant el sostre i xiulant el valset.

—Buaaa! Has estat tuuuu! —insisteix la Teresa.

Després d'una estona de fer-se la desentesa, la Roser sembla que es penedeix de la seva acció, i, com si volgués compensar el mal que ha fet, es treu un immens telèfon de la butxaca i truca decidida a una ambulància.

—Senyor de l'ambulància?

—(...)

—Corri! Corri! Que la meva amiga té mal al peu!

—(...)

—Que com s'ho ha fet? Bé... Una trepitjada... Ballant... Sense voler...

—(...)

—On vol que siguem! A la pista del circ, és clar!

Quan encara no ha penjat el telèfon, un altre pallasso amb una farmaciola sota el braç surt esperitat de darrere la cortina i envesteix espectacularment la Roser.

—*Ninoninonino...!*

La Júlia, que no para de riure des del seu seient, identifica de seguida el tercer personatge.

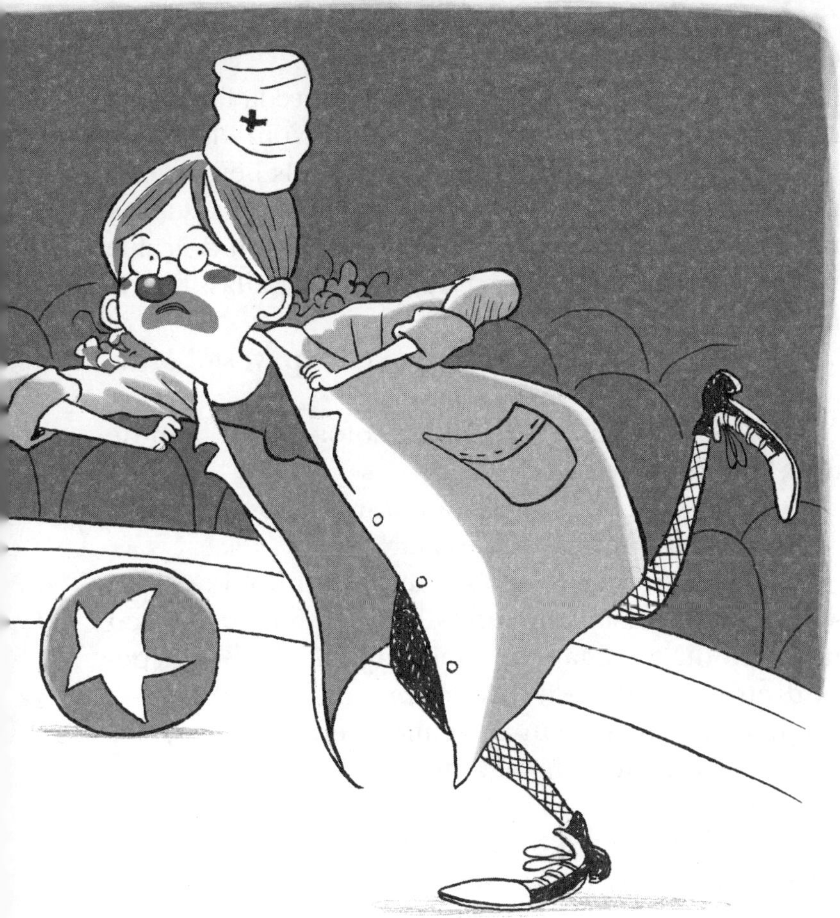

—És en Gil! —diu.

A conseqüència de l'impacte, la Roser ha quedat estesa a terra.

Quan l'infermer li pregunta si s'ha fet mal, la pallassa irromp amb uns dramàtics laments que s'afegeixen als planys de la Teresa, que continua plorant a llàgrima viva.

—L'ambulància m'ha fet maaal! Aquííí! —es queixa assenyalant-se la part baixa de l'esquena.

Enmig d'aquell desori, el pallasso obre la farmaciola i es disposa a guarir les pacients. Però ni els embenats, ni les pomades, ni les pastilles, ni els beuratges... fan cap efecte. Quan sembla que ja no hi ha res a fer, en Gil s'apropa a la Teresa i li fa un petó molt dolç a la punta del peu, i, com per art de màgia, la pallassa es recupera del seu mal.

—Renoi, senyor metge! Sí que en sap, vostè! M'ha curat el peu amb un petó! —li diu.

—És la meva feina —fa ell tot cofoi—. Ara hem de curar la seva companya.

—La Roser? I com la pensa curar, si es pot saber?

—Fent-li un petó al cul, és clar!

En sentir això, la Roser s'aixeca d'un bot i arrenca a córrer per la pista, amb en Gil i la Teresa darrere seu i una melodia trepidant de fons. La Júlia i en Bru es posen drets i aplaudeixen sorollosament.

Quan els actors s'han amagat darrere el teló, els dos espectadors tornen al passadís i es dirigeixen cap a la porta de sortida.

Així que arriben a fora, la Júlia queda meravellada del paisatge que té davant seu. Fins on li arriba la vista, se succeeixen prats i més prats d'una verdor excepcional, i, escampats aquí i allà, s'alcen uns arbres gegantins insòlitament lluents.

—Són magnòlies —diu en Bru mirant l'horitzó.

—Magnòlies?

—Sí. Aquí la llum és tan intensa, que les fulles dels arbres fan aquest efecte tan bonic. T'agrada?

La Júlia està tan embadalida que triga una mica a contestar.

—És preciós.

Els dos amics passegen una bona estona per l'herba, gairebé en silenci. Tenien tantes ganes d'estar junts que ara no els calen les paraules, només sentir-se a prop l'un de l'altre.

Quan arriben a la primera magnòlia, troben en Tou i el coixí d'en Bru estirats còmodament en una gandula.

—Hola! Què hi feu, aquí?! —pregunta la Júlia.

—Hola, parelleta! Que què fem? Vacances, ves! —respon en Tou.

—Els coixins, també feu vacances?

—I doncs, què et pensaves! Sou uns pacients molt agraïts, però ens porteu una feinada...

—És veritat, Júlia —diu en Bru—. Es mereixen un bon descans.

—Tot i així —afegeix el coixí adreçant-se a la noia—, t'he portat una cosa que t'has deixat a l'habitació...

En Tou es posa la mà dins la coixinera i en treu la capseta de colors.

—La capseta! Me l'havia tornada a oblidar!

—No sé què faries sense mi... —bromeja el coixí.

Després de dies d'espera, aquell regal tan especial arriba per fi a les mans d'en Bru.

—És molt bonica! —diu.

El noi examina detingudament la capsa i tot seguit l'obre per veure'n el contingut. Quan descobreix els pinyols de cirera, n'agafa un, s'ajup i l'enfonsa amb molta cura sota terra.

Sorprenentment, en un tancar i obrir d'ulls apareix un enorme cirerer, carregat fins dalt de fruita i amb un gronxador llarguíssim penjant d'una branca.

Sense pensar-s'ho dues vegades, la Júlia i en Bru s'enfilen al gronxador, i just quan s'hi acaben d'asseure l'arbre reprèn inesperadament la crescuda. Des del seu seient, veuen expectants com a mesura que l'arbre creix el terra s'allunya dels seus peus, i només uns segons més tard ja han superat amb escreix la capçada de la magnòlia. Ara els seus estimats coixins s'han convertit en dos puntets diminuts que els saluden des del terra estant.

—Bon viatge! —criden des de la gandula.

El cirerer continua creixent sense parar, i ben aviat poden distingir la figura del circ, i, al seu voltant, l'escampadissa de magnòlies sobre els prats immensos.

Quan sembla que comencen a perdre embranzida, apareix el mar a l'horitzó.

—Guaita, Bru! Allà hi ha el mar!

—Sí! I allà i allà i allà... —diu ell, divertit, assenyalant per totes bandes.

La Júlia ressegueix l'horitzó amb la vista i comprova que, en efecte, estan completament envoltats d'aigua.

—Som en una illa! —conclou.

Al cap de poc, l'arbre s'atura definitivament.

Tot i ser tan enlaire, la temperatura és d'allò més agradable i no bufa ni una mica de vent. Ja fa estona que ha començat a caure la tarda, i un sol immens suspès sobre l'aigua enrogeix el paisatge i el fa encara més bonic.

Els dos amics contemplen l'espectacle agafats de la mà.

Després d'un llarg silenci, la Júlia diu a en Bru:

—Ahir a la nit vaig veure un paisatge semblant.

—Ah, sí?

—Sí. Des de la terrasseta.

—Des de la terrasseta... —repeteix en Bru.

—No hi tornarem a anar plegats, oi? —pregunta la Júlia.

El sol és tan baix, que les ombres de les magnòlies es trepitgen les unes a les altres, i l'olor d'herba humida s'enfila des del terra fins a arribar dalt de tot del cirerer.

—Em sembla que t'ha arribat l'hora de despertar-te —diu el noi.

—Tu et quedes...? —insisteix ella estrenyent-li la mà.

—Jo em gronxaré una estoneta més —respon somrient.

—Et vindré a veure sovint.

—Ara ja saps on trobar-me.

—Bona nit, Bru.

—Bon dia, Júlia.

Per fi ha arribat el gran dia.

Han passat prop de dues setmanes des de la trobada amb en Bru, i la Júlia encara té ben present com va anar tot: la funció dels pallassos, l'aparició dels coixins, la crescuda del cirerer, la posta de sol...

Sens dubte, aquell va ser el somni més especial de la seva vida. Però també recorda perfectament la decepció que va tenir quan, en despertar-se, va veure la capseta de paper a sobre de la taula, com si res no hagués passat aquella nit. De tota manera, el desencís va durar ben poc. Així que va obrir la capsa, es va adonar que, com en el somni, un dels dos pinyols ja no hi era, i va tenir el convenciment que el cirerer, les magnòlies, el circ... i, sobretot, en Bru, havien estat, en bona part, reals.

Tot i que encara no ha sortit el sol, la Júlia ja fa estona que està ben desperta. De fet, ahir també li va costar molt adormir-se, i durant tota la nit no ha parat de bellugar-se sota els llençols. En Tou li ha explicat que és normal, que als altres nens i nenes que ha conegut els va passar el mateix quan els van dir que per fi podrien deixar l'hospital.

—Tinc tantes ganes de jugar amb la Joana i la Cèlia! I de veure la Closca! I d'anar amb bicicleta! I de menjar les croquetes que fa la mare! —diu la Júlia.

—I ja no t'hauràs de passar el dia mirant el mateix tros de cel —afegeix en Tou.

—Si en Bru fos aquí, també estaria molt content que pogués tornar a casa.

—En Bru se n'alegra molt, des de la seva illa; pots estar-ne ben segura.

—A tu també et trobaré a faltar, Tou.

—No ens posem nostàlgics, que encara ploraré...

—Et podria posar entre les bosses del meu equipatge i portar-te a casa meva! —proposa la Júlia.

—Ui, no! Sóc un coixí d'hospital, jo!

—Però a casa hi estaries molt bé! Tinc coixineres estampades molt més divertides que aquesta.

—D'això, no en tinc cap dubte —diu en Tou—. Però jo m'he de quedar aquí per ajudar altres nens i nenes que estiguin malalts i se sentin sols...

—Ja ho entenc...

—I si alguna nit necessites parlar amb algú, podràs fer-ho amb el coixí del teu llit! Segur que ell també t'escolta.

—Perquè... Tou... Tu i jo ens trobarem en algun somni, oi?

—I tant! Pots pujar-hi de peus!

Ja ha començat a clarejar. Al passadís se sent moviment d'infermeres i infermers que van amunt i avall. Aviat li duran l'esmorzar, i després la vindran a buscar tots els de casa, com el primer dia que va venir a l'hospital. La Júlia sap que li queda poca estona per poder parlar amb en Tou.

—Ja ho tens tot preparat? —pregunta el coixí.

—Em sembla que sí.

—No et deus pas deixar la capseta de paper? —bromeja en Tou.

—I ara! La tinc ben guardada!

—En Bru estarà content que la conservis...

—I l'avi m'ha preparat un test amb terra bona perquè hi planti el pinyol.

—Molt bé.

—D'aquí a un temps tindré un cirerer preciós ben carregat de fruita, i me'n menjaré les cireres de dues en dues.

—Ahà...

—I estic segura que seran les cireres més dolces del món.

—Segur que sí, Júlia, segur que sí...

La primera d'arribar és la mare. Està tan contenta, que sembla que no sàpiga què es fa. Es passa l'estona fent-li petons, enraonant sense parar i traginant l'equipatge d'un costat a l'altre.

—Ai, maca, que bé que tornis a casa! En teníem tantes ganes! Has estat una valenta, totes aquestes setmanes aquí tancada... Però ja veus que ha ben valgut la pena. I encara que ara estiguis una mica fluixa, segur que d'aquí a quatre dies no hi haurà qui t'atrapi!

—I els altres, mare?

—Ara vindran, havien d'anar a buscar aparcament, i és tota una aventura trobar un forat a aquesta hora. I això que si triguen gaire, quan sortim trobarem la rostisseria tancada. A veure si el primer dia ja et deixem sense dinar! —bromeja.

Buscar aparcament? Anar a comprar? A la Júlia, tot això li sona tan i tan lluny... I tan banal...

Al cap d'un moment s'obre la porta i entra l'avi. Així que veu la Júlia, asseguda a la cadira amb el vestit verd i l'equipatge al costat, se li humitegen els ulls. L'home s'acosta a la seva néta i, sense dir res, li fa una llarga abraçada.

—Avi... No ploris... —diu ella.

L'avi continua emocionat amb la Júlia entre els braços.

—...que ja tenia ganes que s'acabessin les vacances!

En el moment de sortir, no hi falta ningú. Hi ha l'avi, la mare, el pare, les bessones, la Teresa, la Roser, en Gil... Se la miren expectants des del passadís com si en el moment de travessar la porta hagués de passar alguna cosa. A la Júlia li fa gràcia pensar que la majoria d'aquells improvisats espectadors ni s'imaginen que no és el primer cop que surt de l'habitació.

Després de repartir petons a tort i a dret a tot el personal, la Júlia i la seva família enfilen passadís amunt cap a la sortida. Pel camí, la noia es va acomiadant dels companys i companyes que encara no tenen la sort de poder tornar cap a casa. Pensarà molt en ells, i durant els propers mesos els visitarà cada cop que vingui a l'hospital a fer-se una revisió.

Quan arriben a fora, la noia es queda immòbil davant del jardí, observant els parterres florits i notant l'escalfor del sol damunt la pell. No gaire lluny, se sent el jardiner que talla la gespa. Mentre escolta aquella remor, la Júlia acluca els ulls i respira profundament. És tan bona aquella olor!

Carles Sala i Vila

Va néixer a Girona un dilluns de maig del 1974. És mestre, però des de fa un quant temps es dedica a l'artesania i a escriure històries per a nois i noies. Li agraden molt les paraules, les plantes i, sobretot, la Joana, la seva dona. I també la xocolata negra.

A part de *Bona nit, Júlia,* ha escrit dos llibres més, *Sóc com sóc* i *Flairosa, la bruixa dels sabons,* amb el qual va guanyar el segon premi Barcanova 2007. També ha quedat finalista del Premi Joan G. Junceda i del Premi Carmesina, i ha publicat un parell de contes a la revista *Cavall Fort.*

L'ONCLE BIN FLOREN

J.M. Olaizola "Txiliku"
Grumet verd, número 180
152 pàgines

Un bon dia, l'oncle Florentí cau escales avall i el metge li ha d'embenar el cap. A partir d'aquest moment, com si al cap hi dugués un turbant, es fa anomenar Bin Floren i comença a explicar històries de les mil i una nits. El seus nebots quedaran embadalits amb aquests contes, i mai no en tindran prou, sobretot perquè l'oncle els deixa amb l'ai al cor fins a l'endemà.

XAU, EL GOS NÀUFRAG

Josep Vallverdú
Grumet verd, número 187
120 pàgines

Enmig d'una terrible tempesta a alta mar, el Xau, el gos d'en David Navissé, és engolit per les onades. Quan el temporal amaina, res no torna a ser com abans. Mentre la família busca un nou gosset, en David es pregunta què se'n deu haver fet, d'en Xau. Li agrada imaginar que se n'ha sortit i que ha viscut una pila d'aventures!

EL TRESOR DEL PIRATA PELUT

Pep Toni Brotons
Grumet verd, número 189
104 pàgines.

En Pelut, un dels pirates més perillosos i sanguinaris que naveguen per la Mediterrània del segle XVI, ha aconseguit escapar-se de la presó. Però per recuperar la llibertat que tant anhela ha hagut de pagar un preu ben car: entregar un tresor que té amagat en un indret de Mallorca.
En el seu viatge per desenterrar el tresor es veurà embolicat en persecucions, intrigues, batalles i, fins i tot, s'involucrarà en històries d'amor i de venjança.